# 散文中国 精选

## YanWen zhongguo

## 独立小桥风满袖

于静梅 著

天津出版传媒集团

天津人民出版社

**图书在版编目(CIP)数据**

独立小桥风满袖 / 于静梅著.——天津:天津人民
出版社, 2013.1(2019.7 重印)
(散文中国精选)
ISBN 978-7-201-07903-5

Ⅰ.①独… Ⅱ.①于… Ⅲ.①散文集-中国-当代
Ⅳ.①I267

中国版本图书馆CIP数据核字(2013)第000679号

## 独立小桥风满袖
DULIXIAOQIAOFENGMANXIU

| | |
|---|---|
| 出　　版 | 天津人民出版社 |
| 出 版 人 | 刘　庆 |
| 地　　址 | 天津市和平区西康路 35 号康岳大厦 |
| 邮政编码 | 300051 |
| 邮购电话 | (022)23332469 |
| 网　　址 | http://www.tjrmcbs.com |
| 电子信箱 | tjrmcbs@126.com |
| 责任编辑 | 伍绍东 |
| 装帧设计 | 汤　磊 |
| 印　　刷 | 天津兴湘印务有限公司 |
| 经　　销 | 新华书店 |
| 开　　本 | 700 毫米×960 毫米　1/16 |
| 印　　张 | 13 |
| 字　　数 | 150千字 |
| 版次印次 | 2013年1月第1版　2019年7月第4次印刷 |
| 定　　价 | 32.00 元 |

# 目录

# 壹

## 生灵物语

# 黑蝴蝶

黑蝴蝶在山间飞舞,在草木浓厚的绿和野花清淡的白之间,它们显得另类和诡异。

人心中有一种排斥另类和诡异的本能,总用敌意的目光看待另类,用恐惧的心理感受诡异,黑蝴蝶似乎知道这一点,所以它们极少在人群和市井之中飘飞。倒是花蝴蝶、黄蝴蝶和白蝴蝶,在格子楼的缝隙间,在柏油路的边缘穿插,人们从来不吝惜词语赞美它们的可爱与美丽。在如今满大街盛行增白化妆品的年代,黑不是美的标准。

可是黑蝴蝶在远离人群的山间,仿佛有着它们的群落,虽然稀疏松朗、飘忽不定,但它们交互穿梭的水一样飞舞的流程是连贯的,它们修长灵动的翅膀划出的流线一般的光痕是亮丽的。山不厌虎豹,树不厌啄木之鸟,淡白的花儿更不厌弃触须柔长的黑蝴蝶,黑蝴蝶在草木和野花丛中把黑与孤独飞舞成轻灵与从容。

没有人用黑色形容春天和阳光,没有人用黑色烘托温馨与欢乐,而诸如忧郁、孤独、痛苦、恐怖,都与黑色结下了不解之缘。黑乌鸦预示着不祥与晦气,黑蝙蝠在夜幕里暗藏杀机。可是黑蝴蝶,只读到这个名字就莫名地兴奋,它让人想到的是轻灵、孤高、冷艳、智慧和美丽,想到一个喜欢穿黑色连衣裙的特别的女子。

在五颜六色的蝴蝶群落中,在色彩斑斓的花花世界里,黑蝴蝶是异类,即使在黑色系列的种群中它亦是。它黑得纯粹却没有黑色的阴霾与沉重,它黑得诡异却不借着黑暗行鬼祟之事。没有人给它以春天的温暖和阳光的明媚,它的前身猥琐而丑陋,它的来处黑暗而坚硬,可它却化猥琐为高贵,化笨重为轻灵。那么弱小的一种生物,却冲破了巨大的黑

暗的蛹,化身而成为春天的精灵。

黑蝴蝶从黑暗的长夜里飞来,黑夜是孕育美梦最多的地方,黑夜的梦一旦飞翔,就把一整块巨大的黑暗撕成碎片,化作成群结队的黑蝴蝶。黑蝴蝶撕碎了黑暗的夜幕,它们是从零点起飞的梦幻,它们给黑色的碎片以灵魂和信念,把黑色飞舞成自由与力量。于是在这个春天,在沉寂的山林间,就有了这些黑色的精灵,绽放了特异而夺目的美。我追踪飘来飘去的黑蝴蝶,追踪它们与众不同、与四周环境格格不入却又奇妙协调的黑色,追踪它们忽而呈现忽而消隐的灵光。它竟那么的轻盈自在,那么的目中无人,它翅膀尖端的光芒竟然那么的锐利。

静下来想一想,其实每个人都来自黑暗。精子与卵子暗藏在父母血液的深处,在黑夜里无人看见的大床上相拥相聚;生命的雏形在黑暗的子宫里漫长地孕育,带着在黑暗里承继的与生俱来的特质。每一个初生儿都是一个黑色的精灵。但不是每一个孩子都能像黑蝴蝶那样,在未来岁月黑与白的磨砺中,为了飞翔而撕碎自己的胎盘,变异自己的原身,生出美丽的翅膀,为了坚守与生俱来的色彩,不惜背叛春日里万紫千红的明媚,即使注满山间的强大的翠绿也不能同化它的原色,而它们孤独的坚守和执著的灵动却让黑色散放光芒,让所有草木的绿色和花朵的彩色都成为它们跃动飞旋的衬托。

可以想象,如果思维能够化作黑蝴蝶,生命就可以飞翔;如果灵感能够化作黑蝴蝶,世界就可以创造;如果梦想能够化作黑蝴蝶,人生会更绚烂;如果生存的姿态能够化作黑蝴蝶,灵魂会更自由。

我从夜里两点那个最黑暗的时刻走来,我只是一只弱小的虫子,父母是在黑暗与风霜雨雪中磨砺出来的黑蝴蝶,仿佛没有什么坚硬的东西能够把他们击碎和改变,他们以为他们的孩子也是一只黑蝴蝶,却不知她只是一只怕冷怕硬的软弱的虫子,他们却硬要一只虫子飞翔,在这样的过程中让她饱受苦难。可她毕竟只是一只虫子,每一只缺少羽翼护卫的虫子都要熬过漫长多梦的黑夜,但不是每一只虫子都能够化茧为羽,成为美丽自由的黑蝴蝶。

　　我没能成为美丽自由的黑蝴蝶，可当我在山间遇到了让我讶异的黑蝴蝶的群落，好像忽然间找回了许许多多以往的梦的碎片，这样的相遇让人感动到泪流。黑蝴蝶用它们轻灵的翅膀驮着那些梦的碎片飞来飞去。虽然我已不能飞翔，可我愿意把它们赞美成一首飞翔的音乐，自由自在地飘来，不停不滞地离去，不求有强烈的节奏与盛大的气势，只愿余音绕梁地吟唱着春天的音符，把它们黑而明亮的光线留驻在我的灵魂里。

# 梵音里的原始森林

我们的周围没有森林,一切都需要想象。

梵,凡尘在大地,森林在天堂;森林,没天没地的全是树木。想象就这样在大地与天堂间展开,没天没地铺满馥郁芬芳的森林气息。

我们的眼睛看不见乐音,一切都需要张开耳朵,把眼睛闭上。

梵音者,佛音也。佛音者,清净微妙之声音,其相正直、和雅、清澈、深满、周遍远闻,如幽谷之溪、空山之瀑,如月夜的古寺、黎明的原始森林。

我们的耳朵也听不见梵音,一切都需要心灵。闭目而坐,思维像静夜一样安宁。

这个时候,空空里传来第一声鸟鸣,纤细、婉转、嘹亮,像一根明亮的蚕丝,以它柔软的韧性划开大森林黎明前的黑暗,这道细微的划痕,引来了野蛙和另一只林鸟的鸣叫,叫声有力地撕开划痕的宽度。天,要亮了。

箫声起,如光影悠长,拽着黑夜苏醒的长度,拖着一串长长的蛙声;鸟再鸣,明光乍现,像是碰落一枝露珠,清泠泠摇起一串清脆的响铃……金丝银弦长箫短笛,和着此起彼伏的鸟音,乍明还暗、婉转悠扬地奏向天明。天明的速度如此迟缓,像一个让人享受不尽的、不愿走出来的美梦。

我们需要均匀的呼吸,让自己在梦里醒着,以一颗警醒的、惊喜的、易受感动的心,来迎接大森林即将冲破黑暗的崭新的一天。你会听见,蚂蚁醒了,蚂蚱醒了,蜥蜴小虫们都睡醒了,似有鼠窜,迅疾的行动惊起一枝水露。

忽而乐音畅爽，大提琴拉着大森林丰厚的底色，在渐强渐亮的箫声里，把一轮朝阳红红的额头渐渐地拉上了林梢。"哇"的一下，蝉声突起，像是被初升太阳的光热烫到了羽翼。原来，这是一个火热的夏季，而清凉的黎明是一位蒙着黑纱的丽人，太阳一出来就扯去了蒙眬的纱影，由丛林的深处流光溢彩地走出来，她的光彩唤醒了整片丛林的勃勃生机。

双手合十在胸前，慢慢地由下颌穿过面颊和额头，举过头顶指向苍穹。这不是宗教祈祷或艺术造型，它只是欲望，像大树舒展枝干，像花儿伸开腰身，都只为举着叶子向天空汲取愈升愈暖的阳光。

野鸭也叫了，蝉声又起了，隐隐的水流从树林深处过来，在平展的地带碎步小跑，在树根下打旋，载着百鸟的啼鸣向远方流去。又起了一串蛐蛐声，还有犬吠声，河岸那边似有户人家，炊烟袅袅升起，暖暖地消解着小木房的孤单。

太阳全部跳出氤氲，阳光弹奏一段激荡无阻的旋律，在透过浓密的树冠时"刷刷"作响，与小溪的浪花撞出叮叮咚咚的声音，继而在天宇和丛林上空加强为盛大。盛大的阳光为森林新的一天举行一个盛大的开典仪式，小草拔节长高，野花破苞绽放，整个大森林叶脉上的露珠，都被阳光蒸腾为细微的白羽，飞升为丛林上空顶戴的轻云。

现在，太阳仍在上升，森林仍在活跃和成长，百鸟在啼鸣，小河在流淌，音乐将要接近尾声。

我们还在倾听，在倾听中忘记了自己。现在，忘记这一切，若不汲取和容纳，外在的美都是他物，我们最终需要倾听的只是自己，自己的耳朵和心灵，自己的肌肤和血液，自己外在和内在的每一个器官，自己的整个身体和生命。

夜在眼底依然安宁，箫在耳鼓里回旋，鸟在心脏里欢叫，泉水在血液里流淌，满身心充溢着晨雾与阳光，感受自己的脚趾和手指，自己的每一个毛细血管，完整的一个自己，渺小又广大，被大森林冲破黑暗的声音和景象所充满，很沉很沉，像小溪边披着晨露映着阳光的石

头,像茂密的藤蔓里伫立的撼不动的大树……而且,我们也还感知,阳光在上升,白雾在上升,鸟声和蝉鸣都在上升,我们的心思和灵魂也会带着身体升起来,很轻很轻,像露珠蒸腾,像花香飘逸,像树梢轻摇,像鸟儿的翅膀……我们已不再需要梵音,我们自己的身心就是一片原始森林。

# 大海四季

　　今年年末，我准备再次走近大海，那样就正好完整地走过了大海的四个季节，正好从它生命的青葱走到成熟与智慧的沉淀，我只想用这样的叙述来形容大海，因为每一年的每个季节，大海都敞着它那自然赤裸的情怀，那些扑面而来的不可抵御的夹裹，就像冷暖之于花草，星云之于虫鸟，而我只是大海边的一粒细沙。

　　海子去了，留下了"面对大海，春暖花开"，这句话是他的孩子，鲜活得一直如同新生儿，让我把在春天走近大海的情感咀来嚼去，还是这一句说也说不尽的"面对大海，春暖花开"。

　　春天来了，大海一天比一天按捺不住，像是一天比一天成熟起来的少女，按捺不住胸脯日益的隆起，按捺不住肌肤渐次的丰美，也按捺不住情窦初开的迷离。爱情像是从沉睡中苏醒的巨兽，搅得海面上不断地升腾着暖湿而氤氲的雾霭，一个春天都难以消散。所以春天的海不能说它是蓝色的，春天的海是乳白色的，当它温柔多情的时候；春天的海是浅灰色的，当它忧郁徘徊的时候；春天的海是粉红色的，当它爱意萌动的时候。走近它，我无可抵挡地成为海面上的一颗被春情蒸腾着的水珠，慢慢地温暖、融化、躁动也升腾。

　　即使时而云雾消散，阳光普照，大海也不能彻底地明朗，它无法明朗，它怀春的情意太厚太浓，一时化解不开，只好在春日的阳光里缠绕弥漫，在暖阳与白雾中孕育，孕育着一个令人向往的季节。无怪乎海子敢于背负着沉重的孤独而满怀憧憬地面对大海。在春天面对大海，就是面对花开，面对希望与未来；在春天面对大海，就是面对温暖，面对真诚与爱情。在春天走近大海，就是走近百花开放、彩蝶飞舞的前奏。

可是在进入夏天后,我却无法面对大海发出如春天一样的赞美。我想欣赏它青春的丰满与激情,欣赏它如骏马奔驰般的身姿,可我往往还没顾上看几眼就掉进去了。

夏天的大海,走过了春意的蒙眬,走过了初恋的美丽与忧伤,成为一名胸怀裸露、心地无私的赤子。夏天的大海是无边的接纳,接纳成群结队的远航与近海的帆船,接纳千百只从远方飞来觅食的海鸥,更接纳千万个穿着泳装扑进大海的人们,大海与它所接纳的众生一起奔涌歌唱。

我跟着千万个穿着泳装的人们一起扑进大海,和浪花一起激荡和跳跃,夏天的海不是走近而是走进。如果在夏天不走进大海,那就枉负了它满腔的赤诚,更无法体会到生命真正的节奏。如果人类的生命真的最早起源于大海,那么扑进大海的怀抱吧,体验生命起源的赤裸、单纯与自由。看那些不会游泳的人们,徘徊在海浪边生怕打湿了衣裤,何不脱却衣物的负累,走进大海,练就一副优良的水性,抛却各色各样的泳圈,深入到海平面两米以下,去看大海内部沉静的绿色,在浪尖上跳跃,体会大海一百摄氏度以上的沸点。抛却负累,开放夏日大海的情怀,不用到天涯去寻找遥远的香格里拉。

没有见过海的时候,总是向往大海的蔚蓝。真正地到了海边,才知道不只春天的海不是蔚蓝色的,连夏天的海也不是蔚蓝色的。它是雪白色的,当它不断地激荡起生命的浪花的时候;它是墨绿色的,当它默默地孕育着更高的浪涌的时候;它是火红色的,当它在夏日的夕照里吟诗作画的时候。大海如此变幻多姿的色彩给了我太多的出乎意料的启迪。

只有秋天的海才可以真正地称为蓝色。为了等待大海本真的色彩,我疑惑着走过了春夏两个季节。不知道大海是以怎样的智慧,在一夜之间澄清了夏日的热烈与迷乱,只留下了纯净的海水,几点海鸥,几点小帆还有几点泳装。好像在一夜之间它突然地清瘦下去,却格外地矍铄起来,把春日的温情和夏日的热烈都深深地蕴藏进了胸怀的深处。

大海因为经历和孕育了生命不同季节的体验和内涵,走过了蒙眬

与迷乱,才达到了一种澄清,达成了与天同碧的色彩,那是一块与蓝天同价的蓝宝石。秋天的大海是要贴近的,用心灵去贴近,用生命去贴近,在贴近的那一刻,才会深深地爱上大海。

坐在蓝色大海边银色的沙滩上,我不禁想起阿基米德说过的:"沙滩,我发现沙滩是最好的学习的地方,它是那么广阔,又是那么安宁,你的思想可以飞翔到很远的地方,就像是飞翔在海面上的海鸥一样。"这是大海对伟大的数学家的馈赠,也是大海对全人类无私的馈赠。在感悟阿基米德的时候,我进一步读懂了大海。

大海带着秋天美丽的沉静进入了冬季。寒风一阵紧似一阵地袭来,我很少去贴近大海了。可是偶然的,当我驱车驶过滨海大道,大海就在我的眼下,在我极目所尽的天边,我被大海往下吸去,那一种力量又一次无可抵挡。

冬天的海,那是一种力的吸摄,望不见底的深远,铁青色的、闪着无边冷凝的光芒,在冷酷的寒冬里,如此孤独而固执地律动和奔涌着。寒流可以把江河冻僵,却无能于冻结大海。大海即使在冷寂的孤独中,也还是那般的刚毅而热烈,也能把一股热流通过它有力的律动而输送进人的心灵。

北风在空中呼啸,寒气笼罩着海面,凝重的铁青是大海与严寒抗争的颜色,庄严深邃得不容搅扰。

如果大雪纷飞而至,冬天的海一定是白色的。那时,大海在新的一轮生命诞生之前,把整个海面清理成一片空白,以备让下一轮的春夏秋冬来涂抹更新更美的色彩,希望就在大海的浪花上跳跃。

那些拍案而起的浪花,冬天的沉寂的大海上唯一醒目的花朵,一年四个季节里唯一不败的花朵,当车子渐行渐远的时候,不停地在我的心海里开放着……

# 梦雪人

在白茫茫的大海边缘,我与它穿插在棉朵一样的雪花里。

在这个边南界北的地方,一场大雪是稀罕的,一场凝而不融的雪更是稀罕得就像一场聚而不散的魂,是我把它堆成了人。我与它前后左右地奔跑。它不说不笑,它没有胳膊和手,可是它行走,又飞又跳,还给自己戴上了红围巾,长而炫目,然后它站到我的面前与我直面,它凝望住我的眼。

记得我是选了两块圆润的石头做成了它的眼睛,所以它的目光如顽石一般笃定。它望定了我,使我无法避开与它的对视。我用了平生最大的力量和勇气与它对视了长达半个世纪的三十秒。秒针滴答滴答地前行,它的目光由深邃到尖锐,由幽暗而成为两把刺目的利刃;它苍白得没有色彩和重量,却高大威猛得如一股黑色的势力。我从它刀刃一样的目光里读懂了它的心思,它望定我的唯一目的就是想要逼退我的目光好乘虚而入。它由一个可爱如企鹅一样的雪人,变成了一股灵动而犀利的魂灵,不知为了什么原因笃定了心思要进入我的眼睛。而我异常清晰地意识到,一旦让它进入,我的灵魂将立刻被取而代之,那不是民间传说中的借尸还魂,而是活生生的灵魂侵夺。

我的灵魂禁不住在夜的深处打了一个激灵的冷颤,像恐惧使公鸡竖起羽毛。我与它对视,我不甘心、不相信、不允许它的进入,我调动起全身心所有的力量保护灵魂,我把集聚的力量化成剑和戟,与它的利刃死死相抵。我从没有经历过那般死命相抵的抗衡,它的目光锋利寒冷得透彻我的骨髓,我也能感受到自己的目光,激烈而顽强,那是我唯一的指望,我不敢眨它一下,害怕在稍一眨眼的瞬间,它就进入,我知道进入

的结果就是自己的不复存在。我为保卫自己而战,我的眼睛在刀剑相抵的搏战中几近眦裂。

在漫长的三十秒的最后,刀光在剑影里崩裂,我惊惧而醒,感到浑身冰冷,伸手抚摸冰冷的肌肤,上面结了一层粗粝的鸡皮疙瘩。这使我难以相信刚才的经历只是一场梦。雪人刀刃一样的目光还在,我与它拼死相抵的对视还在,寒冷还在,可房间温暖,夜色安宁,我的睡姿犹如婴儿蜷卧于母亲的子宫,找不到半点噩梦的依据。

时针指在凌晨三点,我知道难以再次入眠了,我在上半夜酣甜的睡眠中酝酿了一个惊惧的噩梦,只好在下半夜惊惧的失眠中编织一个美丽的童话。

很久很久以前,一个婴儿在雪夜里降生了。三年以后,她在雪地里堆成了一个小小的雪人。以后在每一年下雪的日子她都跑到雪地里堆雪人。她很孤独,一直想寻找一个雪人做伴。若干年后,她终于遇到了一个雪人,她刚想与他牵手,却突然在他们之间拱起了一座冰山,把他们分隔在了山的两边。他们都拼命地想爬过冰山找到对方,手脚都冻得僵硬了。当她终于爬到山顶,却发现他从半山腰摔了下去,他摔在一片柔软的土地上碎了,她心碎了,脚底一滑也摔了下去。

她撞在一块石头上摔得粉碎,这时走过来一个黑漆漆的泥人,他也在这块石头上把自己撞得粉碎。春天来了,一场春雨过后,泥人碎片与她的碎片混合胶粘。他站起身来牵她的手,她不由自主地伸手。他起身朝前走,她不由自主地跟随。她跟随他走过许多时日走到现在,就走成了我。

编完这个童话,天就开始放亮了,我起身望窗外遍地的白雪并没有在一夜之间消融,知道昨天在海边沙滩上堆砌的雪人一定还在,它的嘴角一定依然朝上翘着,面朝着大海上宽阔的波涛。想到它的眼睛,我依然余悸未消。它只是一个见了阳光就会消融的雪人,消融以后就会消失的笑容,消融以后就会塌落的两块石头,它怎么就成了精成了魂,成了夺魂摄魄的眼睛?是否昨天夜里的温度太低,它太冷太孤独,是否它想念我塑造它的时候那些满心的笑意和双手的温柔，可它为什么要夺我的魂魄，而我又为什么对它死命相抵。

如果说梦是愿望的达成，而我却一直在灵魂的深处抵制达成，面对那种凌厉的占领，我对自己的拼死抵抗感到迷惘。其实我是希望有一种占领的，我是想体验一下没有经历过的感受的，我该是从骨子里有一种探奇和冒险精神的，可是我竟从来没有让它们在梦中实现过。譬如曾经死死地抵住一双温柔的手或一个蒙眬硕大的身形，以醒来时的一身冷汗宣告抗争的胜利，我庆幸自己的健康和顽强，否则被它们扼住喉咙或压碎心脏，我将永远不能醒来——我不后悔，因为我知道它们是魔鬼。可这一次不同，它是雪人，是我从骨子里热爱着的且亲手缔造的雪人。它也没有扼住我的喉咙，它只凝望我的眼睛，它不渴望我的身体只渴望我的灵魂，而我却在抗争，且又一次以冰冷的警醒赢得了抗争的胜利。

如果我在它凝望的时刻低下我的眼睛任它进入，它不夺取我的生命只占领我的灵魂，它将从灵魂的深处抹去我所有作为人的来历和经历、磨难和痛苦、得意和欢欣，以及与自己结成千丝万缕难解难分的人与事，如果那样，我将空白如雪洒脱如雪；如果我容许了雪人对我的取代，它将借我的身体实现一场未知的传奇。也许最终它还会把我还给我自己，使我因为传奇而幸福和富有；也许它会一意孤行，不舍弃永远的侵占，它将如一个不怕冷与冻的精灵一直走进冬的深处，使我忘记寻找我自己。那冰雪的世界会在世界以外吗？

总是喜欢想象出许许多多的如果，而世界不改其辙地行走，我还将习惯于站在淋浴喷头下冲洗肌肤里永远搓不尽的泥巴。而雪人，仍将聚成人、碎成玉、上天成云、入地成水。今冬持续的低温会让它较长时间地翘着嘴角面朝大海，我却在欣喜之余，希望又害怕它再次以夺魂摄魄的气势入我梦来。

# 梦魂碎片

每个人都是一座山,横亘在理智与意志的面前,它可以无限的高,无限的坎坷,它可以随时在迷雾中失去路途,成为自我前行的最大障碍。在太阳底下,人们说,最难征服的就是自己。

我喜欢把自己看不见摸不着,却能够在黑夜里带领我出游的东西叫做灵魂。它神奇地让活生生的肉体失去内容和重量,让世界及世界的法则不存在,让时间和空间、城乡和人心内外所有的围墙都不存在。它轻而易举地趁着夜色出逃,它可以在一瞬间到达和翻越意念所不及的任何地方。

每个人都向往着一些轻灵与自由,每个人的内心深处都隐藏着一处无人之境。灵魂,是我还是它,这样的追究不得而知,我喜欢以第一人称来叙述一个梦境,那它就是我。

我在爬山,不知道山的姓名及其所在,山以外没有其他事物,山以上没有日月和蓝天,目能所及的只有嶙峋错落的山石以及蜿蜒雪白的山路。那是一个我从来没有见过的世界,没天没地,没日没月,山就是全部,可是它阔大无边,还遍地明媚。

我弓着身子一步一步前行,我的姿势与平日爬山没什么两样,可我的身体却轻盈得没有重量,我甚至没有呼吸,我只是一团有形的空气,作势地往山上飘。为什么爬这座山,要爬到哪里去,家在何处,何时是归期,等等的思虑全都在魂魄以外。没有意念与追求,也不在意什么风景。灵魂原本就是如此的混沌和迷惘吗?它在黑夜里逃离温热的肉体,只身进行一次漫长得没有目标的山旅,看不见事物却不空茫,看不见日月却不黯淡,没有目标却不停顿,什么都没有也一样的自在轻灵。人什么时

候才能了解自己,什么时候才能透视自己的灵魂,在这样的一个梦里,我什么也看不清。

若不是太突兀、太震惊,混沌的梦什么都不会留下。可我的眼前出现了一大片红枫,那是我从来都没有见过的无法形容的红,血与火都没有那般的色彩,就是梦醒以后我还是敢说,人世间没有那般红色的存在。灵魂的梦游不携带肉体的心脏和血液,可是我热血沸腾,我身心震撼,原来我是有目标的吗?这片红枫林就是这次没天没地的山旅的目标?

其中一棵最高大的红枫,树干像挺拔的白桦,树冠仍是红得胜过血与火。我对它注目而视,它竟慢慢幻成了一个陌生男人的脸,他看着我,开始流泪,他的眼泪也是红色的。红色的泪水点燃了我的视线,而我看着他笑,我在他陌生的目光的注视里,以灵魂最美、最轻盈的姿势舞蹈,在他的泪光里闪烁自己的欢乐,我通过他的痛苦实现自己的欢乐。我在留下一串笑声后转身离去,明知道让灵魂震撼的风景难得一见,我该以灵魂的名义,抛弃昏睡不醒的肉体永不复返,在美景的身边永远留驻。可是我漠然,我甚至不知道留恋,我轻盈地一转身,走进了林边的一座木房子,房子里有一个似曾相识的女人,我向她要了一碗水,喝了,然后头也不回地下山。

红枫林、流泪的男人、木房子还有温婉的女人,在转身之间都不见了,好像从来没有存在过。我不是曾经震惊,曾经热血沸腾,不是借了一碗清澈的水化解了干渴,就连这也不是目标,我又下山去做什么?

下山的路突然变得崎岖陡峭,我还发现了夜色,感觉到了自身的重量,不得不深一脚浅一脚,全没有了来时的光明与轻灵,可我还是没有回头,无意识的力量在驱使,在一个黑暗的坑道里重重地失足突然惊醒,灵魂"噗"的一声回到肉体,它与我合而为一。

窗帘微启,夜色正浓,星星闪着微弱的光,我携着灵魂起身,讶异它惊心的游历。我搂紧了灵魂,知道它有意无意地回来,也许,与肉体合而为一,才是它最终的目的。

又是爬山,可这次的山没有怪石嶙峋,山上覆盖的全都是树木和绿

草，也还是想说，人世间难以寻得到这样的铺天盖地的新绿。我再一次赞美灵魂的偷渡，否则我不会体验到自己还可以实现比鸟儿还要轻灵的飞翔。我像云，也像风，我不是爬山而是掠山，我飘掠过驻满山间的高大齐刷的草，欣赏到野草也会猎猎得像骏马的鬃毛一样的美，像爱人的发丝一样的光滑厚密。我的手指轻柔地掠过它们，既然是梦，是灵魂趁着黑夜出逃，那些爱意都该是来自灵魂隐秘得不想被自己发现的深处。

这一次我遇见了一个人，不是从来没见过的陌生人，而是十几年前的故人，十几年在我的记忆之中悄悄淡化了的一个人。十几年前的恩怨，十几年的杳无音讯，十几年的岁月冲刷，突然在一梦之间栩栩如生。我与他拉着手，我们亲密无间，我再一次在他的眼里看见了猎猎的草和猎猎的我，顷刻间世界里没有了山没有了树也没有了我自己，让我相信所有美丽的山水都在他的眼里，所有我自己的美丽也都在他的眼里。

相信我一直都在睡觉，睡了十几年，是灵魂唤我惊醒，在一个安宁的夜晚带我出逃，在一瞬之间穿越了时间和地理的屏障，告诉我什么和谁才是我的最爱。

是谁在沉醉，是灵魂还是我自己？是谁给了我一个世界，是灵魂还是上帝？他与我，青山，树与草，满世界的新绿，这就是全部。我从来没有过这样的完整和完美的拥有，这一次我的意念是如此的清晰，我在他双目的一亮之间看见了对面山坡上盛开的百合，我追着他朝着雪白的百合奔跑，他一头扑进百合花丛，我偎在他的身边。我问这些年你过得好吗？他沉默良久，然后说不好，我就开始哭，伤心欲绝地哭……灵魂失去了再度飞越的力量，跟着肉体一起醒来，泪珠挂在毫不知情的脸上。

窗帘微启，夜色正浓，星星闪着微弱的光。灵魂还是追随了它梦游的最终目的——与肉体合而为一。然后两者对视，两者对话：离开了你，我只会魂飞魄散；离开了你，我只会死亡腐烂。合而为一，我才成为有形有状、有思有为、有情有义、甚至是会有价值和意义的存在。合而为一，灵魂和上帝都在微笑，而我对着黎明的鱼肚白告诉我自己，合而为一，使我成为白天的苦力、夜晚的梦游者，魂里梦里，我能穿越的是什么？

# 我从哪里来

我从哪里来？这对我来说一直是个解不开的谜。

我从娘胎里来，这个答案似乎确定得无可争议，可我还是不明白我是什么，我是谁。

如果父亲不是和母亲结婚，或者母亲不是和父亲结婚，那我就不会是我；如果母亲怀我早一年或晚一年，早一天或晚一天，早一个时辰或晚一个时辰，那我就不会是我；如果我生命的生成不是在寒冷的冬，诞生不是在爽朗的秋，那我也不会是我。如此说来，我是一个绝对的偶然，我一米六五的身高，修长的身体，我一个鼻子两只眼睛和一张嘴，一举手，一投足，都是绝对的偶然，如果稍微错延一点时机或者一个瞬间，我就不会是我，我就可能只是一个虚无。

娘胎，那是一个最真实最温暖最充满爱的地方，是我的生命生成和孕育的摇篮，可我却常在娘胎以外探寻着一种似有似无的东西。

物质不灭，这是早已为科学所证实了的原理，而我无疑也是一个物质。我既然是一个存在，就不会是无中生有或者有中生无。比如说，等我死了，我的身体腐烂或化为灰烬，我的体液和体灰融进泥土或漂进大海，它在土里或水里游动，早晚会成为草根、树根或其他植物根茎的营养，跟随着化为植物或树木的香气；我的灵魂游离我的肉体，消融进无边无际的空，它吸附住一粒浮尘或追随了一缕清风，飘到高山或沙漠，也许会遇到一个偶然的机遇，便会随了人形和人气。所以，我也许是由哪一个未知的气息转化而来，那缕气息，或者从花草丛中来，从水面上来，从风中来，都未可知。

关于这一点，我还能找到一点或许是可笑的依据。就在我出生的前

一天晚上,神给父亲托了一个梦,在梦中,父亲恍惚间来到了一个陌生的庭院。那是一个月光蒙胧的夜晚,庭院安宁静穆,里面有几间小房,房前有一棵花树,有初开的花朵暗香浮动。花树旁还有一个古旧的香案,燃着一盏小油灯,烧着几点香火。父亲在那里疑惑,这是什么地方?那花像梅花却又不是,到底是什么花?正疑惑间,就听见了母亲胎动的呻吟,父亲转忽间醒来,轻抚着母亲的肚子,幽幽地说,这一定是个女孩儿。

关于胎梦,虽不是科学的揭示,却在民间经过了千百回的验证,至少有着百分之九十以上的准确率,梦见花就会生女孩儿,第二天母亲就生下了我。

这个梦父亲给我讲过不止一次,而我又不止一次地追问,那到底是什么花?不知为什么,我相信我的前生就是那树花,就像《红楼梦》中的金陵十二钗,每一个姑娘都司掌着一种花一样,黛玉是芙蓉花,宝钗是牡丹花,而我真的是梅花吗?父亲说不清,他就宁愿相信那是梅花,所以给我起名就叫"梅"。

或许,我就是那梅树上的一缕花香,曾经安守着那个静穆的庭院和一盏佛灯香火,却在梦中追随着父亲的身形,携着父亲温热的手,在那个宁静的夜晚进入了母亲的肚腹。当第二天的黄昏降临,我就带着一缕梅香以一声宣言般的啼哭来到这个世上。我转换了我存在的方式成为人,却带着这个世界的人群里不可或容的乖戾;有着让人赞美的丽质,却孤僻得让自己的父母都头疼;热爱着与世无争的安宁,却禁不住枝枝杈杈的伸延;带着与生俱来的孤独,却不禁花香盈溢的喧闹。我本来不属于这个世界,却偶然地来了,可是在这个真实而繁华的世界里,却向往着一个世外的庭园。所以迷信地想,也许,这许许多多的矛盾与疑惑都与我的来处有关?

"妈妈,我是从哪里来的?"当我长到好奇多于蒙昧并可以思考一些事情的时候,就向妈妈提出了这样的问题,而得到的是一个毫不犹豫的答案:你是从树林里捡来的。

这样的一个大人糊弄孩子的答案,却在我幼小的头脑里展开了极

为认真的想象。我是从树林里捡来的,那树林是什么样子的？我先想到的是阳光和温暖,那里一定有一个充满阳光的温暖的小窝,小窝里装着我,那时肯定没有人给我穿上衣裳,浑身光溜溜的,所以小窝里一定有一些柔软的小草,就像托着羽毛未丰的小鸟的鸟巢。有一天妈妈去树林里拾柴发现了我,就用衣服包着把我抱了回来。

于是在我还没见过树林是什么样子的时候,就开始在心里亲近树林,因为我知道了那是我从之而来的地方。当我长大到可以跑到村外河边的小树林的时候,猛然间欣喜若狂,那树林,真的平静而宽广,那秋天泛黄的树叶在树上反射着太阳的光芒,有一些落在树下坑坑洼洼的地方铺成许许多多的小窝,这些竟与我温暖的想象如此的吻合！对树林的热爱就这样融进了我的生命。

喜欢听老歌《白桦林》,"心上的人你不要为我担心,等着我回来在那片白桦林……";喜欢听伍佰的《挪威的森林》,"那里湖面总是澄清,那里空气充满宁静……";喜欢在做游戏的时候,排除"可以呼吸的海底"和"阿尔卑斯雪山顶"而选择"原始森林",喜欢这样的一个答案"依恋你的恋人"。依恋是我的生命:依恋那片树林,是生命依恋它的生源;小鸟依恋它的窝巢;孩子依恋他的母亲;是孤独依恋一片热爱,空虚依恋一份充实,忧伤依恋一片欢乐。

我从树林里来,这是母亲给我的爱;我从梅花初绽的庭院中来,这是父亲给我的梦。我从一个未知的世界里来并存在,我的前生和后世都不会是一个虚无,这一种充实感,这一种感激的情愫从父母的身上蔓延到无边的空灵。佛说,你的来去都属于我。

# 我是一条冬眠的蛇

去年的冬天,北风离我越来越近的时候,你却离我越来越远,只有空气陪着我一起在萧瑟中颤抖,我曾预言那将是一个彻底寒冷的冬天。

我不由自主地把自己蜷缩起来,封闭所有的感觉器官,想让这个冬天过得无知无觉,无喜无悲。蛇就是这样过冬的。那真是一种极为聪明的动物,当寒冷要危及它的生命的时候,它不像许多其他的小动物,诸如苍蝇、蚊子、蚂蚱等一样,乱飞乱撞结果被寒流冻死,而是钻入地下封闭自己去冬眠,也是同样的无知无觉,甚至不吃也不喝。可睡眠不等于死亡,它可以完好无损地保持着生命以待温暖的未来。其实人向动物学习了太多的东西,比如向鸟儿学习制作了飞机,向蝙蝠学习发明了雷达,当然我也可以向蛇学习冬眠。

时间在不知不觉中过得很快。突然有一天我隔着昏黄的玻璃窗,竟然发现山根下的那一大片草坪有些白里透出绿来的感觉了。看着看着,忽然有个小飞虫撞进了我的眼睛,被我一揉就死了。真是的,这小生命感觉春天比我还要早。可是有些性子太急,毕竟春寒是无常的。急着把那么珍贵的小生命从温暖的卵巢里钻出来,却不知外边的世界还是忽冷忽热,便以为我的眼睛是它可以栖身御寒的窝,结果我稍微的一眨或是无意间的一个小动作就把它置于死地,真是罪过。其实许多事情都是一样的,如果蚂蚁取食到了大象的脚下,它怎么能意识到那瞬间死亡的危险,就像人谋生在宇宙的掌心里,他也看不清他所面临的是什么一样。

阳光又从青里透出红来,多么诱人的红啊,这大自然之中,只要是叫做"生命"的东西,都不会抵抗得住它的诱惑,都激动得蠢蠢欲动起来。当我终于把身子舒展在阳光中,就想到那些蜷缩在黑洞里的可怜的

蛇,是否也感知到了阳光而伸出了它已被冻得僵硬了的身躯呢？真不知这世界整天在折腾些什么，总得要在所有的生命都欣欣向荣的时候把他们冷死冻死,然后又要在他们都归于死寂的时候,又来温呀暖呀呼呀唤呀的把他们都给挑逗起来,然后再消灭他们,周而复始,不知何时是个尽头。

暂不想这些无益的东西了。我给身子找了一个非常舒适的地方——山根下的一棵树,在那里肆无忌惮地躺倒。真是肆无忌惮的感觉,没有人经过这里,更没有人因为感知春天跑到这片草坪来发神经。只有如我一样肆无忌惮的花草、树木和小虫子们,也许它们也和我一样发着神经,遇到这样的一点阳光就亦疯亦狂起来。不过我倒很高兴和它们一起疯狂,比跑到迪厅和一群人疯狂地跳一个晚上的舞愉悦得多。草儿们不会因为担心到谁的一只大脚会踩上来而停止郁郁葱葱地发芽生长;同样,蛇们也不会因为顾忌有谁从它的身边经过甚至伤害到它而逃避阳光。其实人和人、动物和动物或人和动物之间大多还是友善的,尤其是在这个酥软的季节里。

似乎除了眼前所见和现时所感,我就再也想不起记不得别的什么来,生命的快乐也许就在于遗忘,在于不断地新生。其实那些新绿起来的树叶,它们也已经不是去年的那些枯黄落去了的树叶,还有遍地数不清的小草,它们之中也不会有任何一棵还是去年老去的那一棵。对于它们来说,过去的曾经是什么？它们才刚刚生出来,在它们的记忆当中应该没有过去。可对于我来说,过去的又曾经是什么？去年的春天,我曾在沙滩上行走,为了好玩儿,我倒退着走,看着柔软的沙土上留下的自己清晰的脚印而自我陶醉,然后躺在沙滩上做了一个奇怪的梦,只是没有正过身子好好看看远处的青山。今年的春天,青山依旧,可脚印早已被潮水冲刷干净,梦也已经消失得无影无踪,我只跟新生的小草一起成为小草,跟刚从冬眠中醒来的蛇一起成为一条姿态万千的花蛇。

徐徐蒸发上来的露水如血液一般从身下渗透上来,潮潮的、暖暖的、徐徐的。人的躯体,乃至躯体里流动的每一滴血液,与其说是父母集

天地之合而交集的精华，不如说是天地之合的产物。因为天地合乃有万物生，及至父母之躯，父母的父母之躯，都是天地之合的产物，所以露水会如同血液，甚至阳光，甚至月光，甚至流水，甚至一阵风儿，甚至每一丝滋润生命的气息，都会成为生命的血液。

我从贫血的冬季走来，走过那个死寂的冬眠，是一条有些苍白，有些憔悴，有些麻木僵硬的蛇。我感觉到了土地的松动，听见它无可奈何的叹息声，软化了好不容易坚持了一个冬天的强硬。我感到了我的生命和土地联系得如此紧密，坚强与软弱是如此的不由自主。我和土地一起睡去，又和土地一起醒来，这中间没有任何的阻碍与隔阂，不仅是如一条钻在土地里冬眠的蛇，也像是在秋天被花农深埋在土里的一个花根，也像是那个季节被农民遗忘在田间的一粒种子。

我感到阳光和露水的血液正汩汩地流入我的躯体：从脚趾、小腿、大腿、腰肢、胸、脖颈、嘴唇、鼻尖、眼角、瞳仁，直至每一根毛发，继而肾、胃、肝、肺、每一根筋骨、毛细血管。及至每一次心律的搏动。我翘起脚趾如摆动的蛇尾，弯曲腰肢如扭曲的蛇身，支起脑袋如美女蛇灵动的触须——忽然觉得自己是如此的美丽。

草儿们很快会愈加旺盛起来，成为虫子和小鸟们吃喝玩乐的天堂；月季与玫瑰正孕育着朵儿，虽然她们每一年都会开放，可今年还会在一个早晨使跑步而经过她们的人们惊喜万分；玉兰花的朵儿不知是怎样孕育起来的，不知是我没来得及注意到，还是她们根本就不用孕育，就突然在一个月光初放的夜晚打起千万朵雪白的灯笼，或者是春天的温柔与多情使天上的白衣仙子犯了相思病，悄悄地忽然在一个夜晚落在了甚至还光秃秃的玉兰树的枝头。而我也会犯一种病，类似于相思的一种病，想象着和谁一起共同地跳一个舞，在绿草如茵的山根下，在百花孕育的丛林里，在飞虫悸动的空气中，如蛇一样的舞，不会像舞台上模特的猫步或者交谊舞中男女纠缠的狐步，而是只有蛇才会使用的一种语言，只有和你才会一起诉说的语言，就又突然想起了你。

什么都可以遗忘，除了你。想起你如黑土地一样土气的名字，却如

星星一样明亮的目光；感觉你有时会变成阳光，有时会变成黑夜，有时会变成空气，有时会变成湖水。我能感觉到你，可我掌握不住你；我能看得见你，可我读不懂你；我只知道有你的注视我才会绽放出最美的笑容，有你的抚爱我才能发现自己最深处的温柔。可你从春天走来，在北风吹来的时候离我远去。年复一年，我知道在我自己，不是因为季节的变换你才来来去去，而是因为你的来去变换着我的季节。我无法抗拒你给我的心情，就像生命无法抗拒阳光，阳光有时也无法抗拒风雪。我因你的来去不停地蜕变，而终于改变不了蛇的本性，柔软而美丽，敏感且多情，也狡诈而危险，所以我赞同你的距离，所以我思念你的距离。

春天很快地过去，一首小诗是在春天以后产生的。

我是一条冬眠的蛇 \ 跟春天的土地一起苏醒 \ 经过千年的修炼 \ 我已轻灵 \ 不惧亦不惊 \ 多想让你看看 \ 现在的我 \ 风来春风满面 \ 雨来情态万千 \ 可是你不是醒得太迟 \ 就是离得太远

# 偷　窥

　　这是个三合院,坐北向南的是李家,坐东向西的是陈家,我家坐西向东,南面越过几畦菜地朝街开放,阳光总是很富足的,可谁家也翻不出比柜子里锁着的半袋米更多的粮食,也搜不出比随时都藏在贴身衣兜里的几张一元纸币更多的钱财,贼都不屑于"光顾"这个院子,每家都习惯了出不闭户,所以我可以像无人管束的猴子一样大摇大摆地串了陈家串李家,于是我在李家叔叔的铺盖卷下面发现了一个小本子。

　　一开始小本子只是露出了一角,我以为是小人儿书,拽出来一看并不是,因为好奇就掀开了它,于是我发现了里面的文字。文字是什么,虽然父母忙了工作忙"斗争",可总是不忘督促我学习文字,而那时文字对于我来说只是用来读小人儿书,因为认识了文字使小人儿书里的图画变得跌宕起伏和饶有趣味,却不知文字会把我钉在李叔叔的床铺旁,读得眼球鼓胀头脑发热、心跳加速血液弥漫。

　　其实人有许多的能力都是天生的,无师自通的,比如人生下来就知道吃,还知道吃甜的吐苦的,吃香的吐辣的。我那时虽然刚满十岁,却能在打开那个小本子的时候嗅到一种气息,一种甜蜜、神秘和暧昧的气息,我一眼读进去,就立刻品尝到了那些文字里的极其甜美的味道,我对它爱不释手。

　　我就像一个饥饿的乞丐吃到了从没吃过的美味,那味道在父母持久不息的家庭战争中从来不曾有过,在三合院疲累忧烦吵吵闹闹的生活中也不曾有过,而我的骨子和血液中隐藏着它的原身,抵抗不住如此突然而强大的触发和引诱,它苏醒继而膨胀,似乎弥漫成一个庞大的粉红色云团,我陷在云雾里如痴如醉,同时又胆战心惊,禁不住见不得人

的暧昧和羞涩，强烈地担心着叔叔突然回来，怕他发现我偷窥他的秘密和隐私，觉得那样的文字一定是叔叔的秘密和隐私，如果一旦被他发现，他以后会拿什么样的厌恶甚至仇恨的目光对待我。我成了第一个光顾三合院的"小偷"，在主人要收工回来之前急急把本子塞回原处然后逃跑，第二天又趁着他出工后跑过去接着读。谢天谢地，叔叔并没发现，也没有把小本子藏起来，它还在那儿。

我用了三个上午的时间偷读完小本子里的那个迷人的爱情故事。我微小到在大人们眼里属于屁事不懂的范畴，可是少男和少女，眉目之间、言语之间的，手与手、脸与脸、唇与唇、呼吸与呼吸之间的，文字在它们之间缠绕游离，像一条细蛇不经意地从草丛里钻出来惊触到了我，在我的头脑里留下一条细长柔滑的创痕一样的东西。

我开始用另样的目光看叔叔。其实叔叔刚从部队复员回来不久，他干净的白衬衣和绿军装上还带着特有的皂荚的芳香，叔叔是英俊的，可是他平常不苟言笑，像是有些忧伤和冷峻。可自从偷看了他铺盖卷下面藏着的浪漫故事，觉得他冷峻的面部布满了爱的柔情，尤其是那个故事是叔叔手抄上去的，用的全是整齐秀气的蝇头小楷，他该用了多少工夫和心思抄写了那么长的爱情故事，他的心里该藏着多少对仙女一样美丽姑娘的向往和对爱情无比美好的憧憬。我心里多了那个年龄不该有的心事，开始关注到一个成年人的爱情和婚姻。

关注的结果，就是看到一个又一个巧舌如簧的媒婆窜到叔叔家，最后给叔叔说来了一个身材粗壮，皮肤黝黑的女人。我的失望达到了极点，那个女人和叔叔手抄本里的仙女相差不止十万八千里，她怎么能配得叔叔的英俊，以及他雪白芳香的衬衣和内心里蕴藏着的千百种柔情，叔叔怎么会喜欢和她在一起？

可是有一天那女人来到叔叔家，其他人仿佛都神秘兮兮地退出去，屋子里只留下叔叔和那女人。我跑去和伙伴们玩耍了半天，回来时李家的爷爷和奶奶还在我家闲聊，叔叔和那女人还没出来。那屋子静悄悄的，没人敢于接近似的。我第一次感觉到那间我平日里可以自由自在串

来串去的屋子,此时蒙上了另样的神秘色彩,我的想象力受到手抄本的启迪,疑惑叔叔是否会真的像本子里写的那样演绎他梦里的爱情故事,拉着那女人的手,不是修长细腻,却是宽大粗糙的;凝望她的眼睛,不是含情脉脉,却有些呆板凝滞;亲近她的脸,不是秀丽柔美,却是黝黑生硬的;亲她的唇,不是红润羞涩,却是厚大干涩的。与那些已经渗入到我心灵里的文字相比,我难以把两个故事联想到一起。可是叔叔从屋子里和那个女人出来后,脸上还是放了光似的。我开始对英俊的叔叔充满疑惑。

可是叔叔要和那女人结婚了。也正如大人们所说,叔叔家穷得连结婚的新房都没有,能有这么一个健康端正的大姑娘嫁过来就很不错了。叔叔积极地张罗婚事,新房就临时借用了我家的北屋,我家立刻多了喜庆的味道,至少北屋的窗纸变成了雪白的又贴了大红的喜字,门上又多了半截新鲜的门帘,那女人结婚的时候脸上抹了许多脂粉,也多了一点儿妩媚。

叔叔在我家北屋结婚,除了因为得到一兜喜糖让我格外兴高采烈外,没有其他别的不同,叔叔手抄本的爱情故事早飞到千里以外,我仍然每天贪着玩耍,至于叔叔和新婶婶什么时候睡觉、起床,什么时候上工做活,都没有印象,只是知道新婶婶说话嗓门又粗又大,我早就把她与叔叔和我的心里暗藏着的仙女彻底地分开,三合院还是照常的平庸繁杂。

我照常到处寻找制作毽子的铜钱,我在北屋门旁的一堆破铜烂铁里翻寻。我听到一种从来没有听见过的声音,我循着声音寻找,目光灌入北屋的门缝。在三合院那几栋古老的青瓦房里,每家的门都有门缝,可我家的门缝应该是犯了一种罪过,它把一幅决不该让我看见的画面展露在我的眼前。如果说手抄本里的故事像滑过我身体的一条细蛇,那么门缝里所展露的就是细蛇咬到了我的血管,我无能于断血截毒,毒液渗入到我的心脏部位。从此叔叔的英俊和柔美不复存在,婶婶的粗壮更多了丑陋,从此我对抗每一个接近我的男孩或男人,对每一对穿着新鲜体面的新婚夫妇都心存鄙夷,在他们新鲜体面的衣服背后,我抹不去丑

陋的赤裸的影子,我感到自己眼睛甚至包括心灵的肮脏,无法消除一段时间的自卑和混乱。

偷窥是无意的,包括欢喜和厌恶也都是不由自主的。一页空白的纸张无法选择为自己绘画的人,更无法选择它自己喜欢或不喜欢、适合或不适合的色彩和内容。世界是一双无形的手,涂抹上什么、涂抹成什么样子全靠命运。当我们走过,却还是无法看清或相信自己的眼睛,无法判定自己到底被涂抹成了一幅什么样的图画。

对叔叔手抄本的偷窥,那仿佛是一种奇怪的经历,到现在我对里面的内容已经记不得一个字或一句话了,那些文字,也许根本就很平庸,可是它们却牢牢地保留下了鲜明的形状、色彩、气味甚至是模样,经年已过,它们依然庞大、绚丽、芳香,保存着仙女一样的美丽容颜。而门缝里窥见的场景,就像在那个美丽的手抄本上重重地甩了一摊墨迹,虽然随着岁月和经历的增长,它变得越来越像平淡无奇的树木或石头,可我还是无法把它和美连在一起,因为仿佛叔叔年轻俊秀的面庞,从那以后再也没有恢复过从前的饱满和红晕,叔叔冷峻的脸上再也没有出现过手抄本里描写的甜美柔情,我把这都归咎于那个场景,归咎于婶婶的丑陋和贪婪。而看见他与婶婶粗门大嗓地吵骂,仇人似的大打出手,脸色被那女人气得一片灰黑,与真正深层爱的赤裸的美相比已经相去甚远了。等他们盖完房搭好屋,生儿育女之后,三十多岁的叔叔已成了半大老头。

叔叔去世的时候还不满五十岁,可他已经佝偻得如七十岁的老人。他不在了,连佝偻的身子都不在了,而这时,他的赤裸成为美,很美很美,年轻的,充满精力和欲望的,属于生命的,因为那个门缝里无意间窥到的场景使他还活着。

# 叫春的猫

楼下的猫们又开始叫春了,这在春天是一场山花烂漫的桃色事件,可在我的睡眠却是如临大敌。

一开始,我只听见一只猫开始在那里娇滴滴地叫,像撒娇发骚的女人的嗲声,又像是婴儿脆脆绵绵的啼哭,声音柔丝一样攀着宁静的夜空盘旋上升,鬼魂一样钻过阳台的双层玻璃窗撞进我的耳膜。我惊愣地翻了个身,捂上耳朵想继续安抚我脆弱的睡眠,可是这一叠连声的叫唤竟像狐狸的臊味,转瞬间引来了一群寻臊的猫,家猫野猫,男猫女猫,都循着这春光乍泄的爱欲的呼唤涌过来,并一齐群声嗲叫。我发现自己成了一块酷暑里被苍蝇死缠烂打的腐肉,陷进赤裸裸的肉欲的轰炸,到最后终于忍无可忍地从被窝里冲出来,狠命地拉开窗子,泼妇一样朝向夜色里那一群恬不知耻的猫。

"都给我滚!三更半夜的叫什么叫!你们怀春就怀吧,想交配就交吧,非要弄出这浪荡的声音来满世界地嚎,真是天生猪狗不如的家伙,没看人家猪狗表达情感时是多么深沉,哪有像你们这样肆无忌惮满世界大放淫声吵得人不得安眠的!"

"说什么呢你这该死的女人!"

竟有猫放尖了嗓子嗷嗷地反骂我。

"我们叫春关你屁事!你不在你经常叫春的大床上好好睡觉,反来骚扰我们的好事,你算什么人!"

猫也会这么尖酸刻薄地骂人,这是我无论如何也没想到的,被她这一骂,反倒觉得自己有些理短。也是,允许自己叫床却不允许猫们叫春,说人叫床像唱歌,猫叫春像哭丧,人也太霸道了,我不由得放缓了

口气。

"也不是这样,只是你们的叫声太刺耳了。"

"我们的叫声怎么刺耳了?"

"怎么说呢,在你们动物界,鸟儿求爱交欢像唱歌,昆虫求爱交欢也像唱歌,再如猪马牛羊,它们也都有自己各种各样不为人知的求爱方式,唯独你们猫,把这事叫唤得像女人叫床、像婴儿啼哭,对了,就是因为你们叫得太像我们人类了。"

"这样说来,你们应该为我们的声音像你们人类而感到亲切,为了悠扬悦耳,我们特意把春意叫得像你们女人那样跌宕、像婴儿那样娇柔,这样的声音不说它美妙怎么反说刺耳呢?"

"这不一样,我们喜爱和赞美能模仿我们人类的动物,比如会作揖的狗,会说话的鹦鹉,会跳舞的海豚,我们觉得它们聪明可爱。可是你们猫,把我们人类认为是十分私密的事情趁黑夜如此大张旗鼓地喧嚷,你们把女人浅吟低哦的声音夸张地放大和拖长,添油加醋不着边际地渲染成放荡,你们把婴儿纯洁娇嫩的奶声奶气的哭声变形成色情,你们公开地玷污了我们人类最美妙的声音,这声音在宁静的夜空里传播泛滥,它让我们毛骨悚然,让我们产生厌恶和呕吐感,让我们心生愤恨!"

我禁不住越说越气,再次大声轰它们滚开。

"你耐心点我的女人,你得弄明白我们为什么这样叫,我要是把事情的原委告诉你,你就不会再如此气急败坏地怨恨我们猫了。"

"怎么,难道你们一发情就这样叫还有什么原委吗?难道你们不是天生就如此地腻歪人吗?"

"当然有原委,而且和你们女人有着直接的关系。"

"愿闻其详。"好奇是我总也改不掉的毛病。

"很久很久以前,我们猫的始祖在野地里觅食,她看见了同样在野地里采摘野果的女人,女人也看见了她,她们两个一见如故,因为她们发现能在对方的眼神、走路的姿态和慵懒的神态里看见自己,就像照见一面魔镜。于是女人带着猫,猫跟着女人,像原本就是一家人一样走回

了女人的家。"

"是的,我们女人就是喜欢猫,喜欢像猫一样美丽温柔优雅慵懒和没有良心,可这和你们叫春有什么关系?"

"请继续听我讲,猫每天和女人待在一起,白天黑夜形影不离,女人侍弄她的幼儿,她在旁边打盹,女人和男人同床,她也在旁边打盹。女人很宠爱她的猫,生怕她野性难改自己偷跑回野外,就经常把她锁在屋子里。有一天猫到了发情期,她想跑出女人的家到外面寻找伴侣,可是门窗关得严严实实,她怎么也找不到出口。情欲像火一样烧得她无法忍耐,她无法像人那样说出能让女人听懂的话,她只能大叫,她用女人发生爱欲时呼唤男人的方式,想以此让女人明白她也一样要出去呼唤男猫。她又学婴儿饥饿时啼哭的声音,因为她知道只要女人听到这样的哭声,就会马上火速地赶来给她的孩子喂奶。果然,女人听到声音跑了回来,发现是她的猫在那里丑态百出地学她和她的孩子,她不禁一阵气恼,拿起笤帚把猫赶了出去,于是猫得到了自由找到了她的伴侣。从此,猫一到发情期就像女人和婴儿那样叫唤,她发现这是她得到自由和找到伴侣的最佳方法。这样自古延续下来,一代又一代,我们把这样的叫声演绎得更加生动和尽情,我们根据叫声的好听与否选择伴侣,谁叫得更娇柔和激荡谁就更能得到异性的青睐,你让我们停止这样的呼叫并滚开,这就像让你们自己从此停止恋爱和做爱,你这样的态度和要求十分的蛮横无理……"

听她长篇累牍地说完这番话,我感到很吃惊也很新奇。这故事编得如此有根有叶,想一想又挺合乎逻辑。是的,没有任何一种动物比猫与女人更有渊源,也没有任何一种动物发情时会发出女人叫床和婴儿要奶的哭声一般的声音,本来觉得这有些蹊跷,听了这故事我几乎相信起来。

即使这样,即使有怪罪我们女人的地方,可是静夜里被这样一片叫春的声音纠缠,我还是恶心得产生要呕吐的感觉,我的作为人的对美感的讲究,与猫的肆无忌惮的叫声产生了发自内心也发自肉体的一种抵

触,还有从骨子里产生的一种相斥情结。我,女人,喜爱猫的温柔优雅慵懒神秘,就是愤恨它叫春,不管它有多少渊源和道理,我还是找了一根木棍朝发出声音的方向狠劲地扔过去,猫们委屈地叫骂着跑远。在稍远一点的地方,它们继续叫,乍远还近的声音幽灵一样在夜空盘旋,让我对这失眠的腻歪人的春夜没有办法。

# 狗的审美

"Jack，Jack！你在干什么？"

马丽一边在厨房煎鸡蛋，一边朝撕扯着拖鞋乱叫乱窜的狗喊。

Jack 耸了耸耳朵，主人的斥责像微风一样从耳边掠过，他继续咬着拖鞋嘟囔，"我想我想！我要我要！"

"Jack！再吵嚷就把你踢出去喂狼！"

Jack 一听高兴坏了，"真的吗？那太好了，只是狼早就从楼缝跑到沙漠里去了，还是踢我出去喂狗吧，喂母狗，她们已经饿得团团转，朝我发来狗香味，那气味让我浑身瘙痒无法抗拒。踢我出去，我要填饱她们的身体，我要和她们交配！"

"你这无耻的不懂文明的狗，说出这么肮脏的让人恶心的话来！"马丽气得大骂，拿起拖鞋朝 Jack 扔去。

"不敢了主人！可请你放我出去，我的姑娘们到了青春期，我要向她们奉献我的爱情，我要给她们送去精神食粮。你看，现在我已经是条文明的狗了！"

马丽很是无奈，她知道她的爱犬到了发情期，她那么爱他，每天伺候他吃喝，给他梳毛、洗澡抱他亲他陪他散步甚至允许他上自己的床，可还是控制不了他青春的欲望。他渴望与母狗交配，美丽又性感的女主人在他的眼里只不过是个没有性别、没有味道的他物。

马丽感觉不到这条雄性狗对她如此的无视，还在全心全意地为他着想：他可不是一般的狗，他可是纯种的法国贵宾狗，而且他还是个童男，我不能一脚把他踢出去，任他的第一次随便和大街上的哪条低劣的杂种狗厮混，那样既毁了他的青春也侮辱了他的种族和身份，我要给他找一条品种优良出身高贵的能够和他相匹配的母狗。

于是马丽拨通了女友的电话，问她家的 Mary 有没有进入发情期。马丽知道，Mary 也是一条纯种的法国贵宾狗，只是比 Jack 大了一岁，而且已不是处女，但难得种族和身份都正相配，而且也叫玛丽，谐音还正好和自己的名字一样，Jack 与 Mary 相配，无论从哪个角度讲都适合自己的心愿。

"是吗，那太好了，我家 Mary 也正发情在家闹呢，快把你的宝贝 Jack 带来吧，今天咱们给他们举行个婚礼！"女友显然很兴奋。

马丽很快带着 Jack 来到女友家，以为 Jack 与 Mary 一见面就会如胶似漆打得火热，谁知 Jack 一点儿也不兴奋，刚才在家闹着要和母狗交配的劲头也不知跑哪里去了，最后马丽只好带着 Jack 悻悻地回来。

"你不是吵着闹着要和母狗交配吗？怎么见了 Mary 又不要了？"

"我不喜欢她。"

"你们狗也讲究喜不喜欢？是条母狗就行呗。"

"主人，你怎么这样对我们狗类说话，难道我们狗类也和你们人类的某些雄男一样，是个女的就行吗？"

"你这条死狗，怎么这样说我们人类，难道你们狗类能和我们人类相比吗？我们绝对是讲究文明道德和情操修养的，我们是要通过相识了解沟通相爱然后才能结婚做爱的。"

"是吗？可据我所知也不尽然，你们人类是存在着两个极端的，要么文明道德，要么下流放荡，这两者都不如我们狗类。譬如我，我不隐讳想和母狗交配的欲望，这不是不文明，相反，把这么自然简单的事情搞得讳莫如深、曲折繁复甚至隐匿着阴谋的才是不文明。我不和 Mary 交配，是因为我不喜欢她，刚才你也看到了，Mary 很喜欢我，她对我很亲热也很想和我交配，但发觉我不理会她就跑到一边自己玩去了，没有怨愤怨尤甚至强求强迫的想法。反过来如果我喜欢她可她不喜欢我，我的态度也是一样的。在我们狗类还从来没有为了目的和欲望强娶强嫁甚至强暴的事件发生，我们有鲜明的欲望但没有不可告人的目的，有的只是我

独立小桥风满袖

34

们自己的欢喜,我们从来顺应情感的自然,你们人类没有资格说我们狗
类没有思想感情不讲文明道德。"

"你给我住嘴!"听着 Jack 因为她的一句话引发的没完没了的莫名
其妙的絮叨,马丽大声训斥她的狗。

"我还没说完呢主人,爱护和倾听动物也是你们所说的修养。刚才
快说到了下流放荡,如果我和 Mary 都互相喜欢,我们马上就会交配,不
会考虑到人前人后还是狗前狗后,是居室里还是大街上,那些对我们来
说都是无关的,你们不忍看我们光天化日在大庭广众下交配,骂我们是
无耻下流的放荡的狗,听到这样的话,想到黑夜里从居室和洗头房传进
我们灵敏的耳朵里的人声,我们会大笑的。我说完了主人!"

"就算你说的有道理,可我也并没有轻蔑和耻笑你,相反却因为喜
欢和看重你,才给你选了一条和你一样高贵的狗,Mary 真是不错的。"

"你在夸赞 Mary?我同意你的看法,主人,Mary 的确不错,可她不符
合我的审美标准。"

"Jack!你还有审美标准?"现在马丽完全忘记了刚才的气恼和烦躁,
她不禁对她的狗刮目相看:不愧是条名贵的狗,也不愧是我养的,有个
性、有品位!

"那你的审美标准是什么呢?"主人微笑着问。

这一问倒让 Jack 一时说道不清,其实就他的简短经历,还没有足够
的经验说出一条成型的审美标准,只是觉得 Mary 不是他想要的。对于
Mary,他倒是能说出一大堆的理由,和他一样,没有低于他的地方也没有
高出他的地方,有太多和他相同的地方却没有足够相异的地方,个头、
面相、毛色,甚至鸣吠的声音和方式都和他一样,这触不动他任何的兴
奋点。而且,即使交配,他的后代也只是延续甚至退化而不是创新和优
化,从繁衍优良后代的本能来说,他也不想和 Mary 交配。

因为经过 Mary 事件对爱犬的另眼相看,马丽特意带着 Jack 参加一
个有名的宠物俱乐部举办的宠物选美活动。经过精心安排,他们坐在选
美场地的中心位置,等待一条条被主人打扮得花枝招展的母狗进入场

地。选美的唯一评审主席就是 Jack，马丽和主办人带着极大的兴趣和好奇，想看看到底什么样的母狗才符合 Jack 的审美标准，而且还有一个电视台在这里进行现场直播。现场上每个参与的人和电视机前每个锁定这个频道的人，都在饶有兴味地观看这场狗的选美活动。可能，人们对自己的审美和选美都麻木厌倦也怀疑了，所以就把注意力和兴奋点转移到了动物的身上。

选美比赛开始了，率先进入比赛场地的是一只小巧玲珑的京巴狗，她的毛发长短适中毛色明亮，头上用粉色的绸带打了一个蝴蝶结，活像一朵盛开的白菊花。她活泼欢快地跑进场地，一眼看见了评审台上的 Jack。她兴奋地跑过去，亲热地嗅 Jack 的毛发并摩挲他的身体，可是 Jack 伸了伸鼻子懒洋洋地没做反应。

"Jack。看她多么漂亮又活泼可爱呀，怎么你不喜欢？"

"主人，她不是我喜欢的类型，小巧漂亮只是长相不是性格，活泼可爱只是性格不是特质，她不能给我想要深入她的冲动，像她这样的小狗满大街多的是，尤其扎上那个花一样的结，艳俗得让我不齿。"

第一位狗小姐落选了。

第二位进场的是有着瀑布一样雪白毛发的西施犬，而且她目光温柔步态优雅，美丽得让所有在场的人都眼睛发亮。可奇怪的是 Jack 还是没有兴奋的反应。

"Jack！这么美的小姐你也不喜欢吗？"

"主人，你看她真的很美吗？那是你们人类的眼光。在我看来，她不但不美，还很麻烦和造作，就她那一身看起来有些失真的长毛来说，跑不能迅捷，钻不能利落，只能取悦你们人类的眼睛，而且她身上还有一种香水的怪味混淆了她的体味，和她交配是极其不自然不舒适的。"

美丽优雅的西施犬小姐听了 Jack 的话，伤心且无奈地走开了。

第三位是一只很稀有的贝林登梗犬，长得极像一只可爱的小绵羊，可 Jack 对她不屑一顾，说她既然是狗，为什么长了一副绵羊的模样，狗可以像狼但不可以像羊。第四位是一只纯色的沙皮犬，Jack 对她左看右

看,说无论如何都不能从她松塌的褶皱里看到青春期。

直到第五位狗小姐出场,还没等人们反应过来,Jack 竟然一下子从评审台上跳下来,兴奋得每一根毛发都抖擞,每一寸肌肤都颤抖,连呼吸都粗了起来,他洋溢着所有的激情和爱意朝她扑过去。

人们瞪大了眼睛去看那只终于被 Jack 挑来剔去看中的狗小姐,不禁一片唏嘘。那狗小姐个头不大身材猥琐,毛发呈黑灰色且长短不齐,像刺猬一样朝四外支棱着,而且一出场就东瞅西望一副不安分的样子,简直没有任何美感可言。可是 Jack 竟然对她喜欢得如获至宝,他围着她乱转,对着她狂嗅,他们俩一拍即合,不一会儿就在众目睽睽的现场无所顾忌地进入到属于他们的极乐世界。

马丽终于松了口气,她的爱犬终于找到了他喜欢的对象,度过了狂躁的发情期,只是她有千百个不解,回来后她不禁询问。

"那么多美丽漂亮名贵的你都不喜欢,为什么偏喜欢那么丑陋的?"

"你怎么能用'丑陋'这个词来形容我的爱人?可怜的主人,你竟然看不到她的美丽之处。"

"在我看来,从毛发身材到五官形态,她就没有好看的地方。"

"主人,让我来告诉你她在我眼里的美。首先,她是绝对与众不同的,我甚至不知道她属于哪个高贵的品种,品种并不重要,重要的是她让我好奇和兴奋;其次,她是绝无修饰和造作的,她向四外支棱着的毛发充满了个性和诱惑,在你们人类的词汇中,有一个用得越来越多的词叫做'酷',她就是酷,对我来说,酷比美丽漂亮和标致更具有杀伤力;再次,她浑身散发着使我迷醉的体味并充满着不确定的活力,像闪烁的火苗要去点燃什么,让我不由自主地渴望被她点燃;还有她的眼神捉摸不定,神态焦躁不安,她在探求并需要抚慰,我愿意给她我的抚慰。你看,她激起了我所有的激情和欲望,她美得让我炫目。"

"真是不可理喻的狗。"马丽不禁慨叹。

"原来她就是我的美人、我的审美!"Jack 兴奋地喊。

# 蝉　吻

　　我是一棵树,孤独地在路边站立了一千年。单等一千年后你从树下经过,我倾尽全力倒向你——亲爱的,一千年了,终于让我遇见你,这千载难逢的机缘,砸不扁你就算我白活。

　　树倒下了,转世为蝉,我就是那个被树砸扁的人。

　　前世我把你砸扁了,我真后悔。今生我要吻你,我转生为蝉而不是树或鸟。树太笨了,一个吻就要了你的性命;鸟太轻浮,它的嘴是用来叫的。我用翅膀叫,单留着嘴用来吻你——己丑年八月八日下午两点一刻,蝉从地下爬上来,爬到一棵大树的枝丫上鼓着翅膀等我。我从树下经过,它从树枝上飞下来,对着我左面颊肌肉最柔软的部位就是一吻,这一吻左耳生风,这一吻“哇”声一片,这一吻面颊渗出血一样的唇印。

　　我是一只蝉,在暗无天日的树根下沉寂了好久,我重见天日飞上树梢,单等你从树下经过,我倾尽全力给你一个吻——名副其实的飞吻,绝不是人类用手指弹出的挑逗——亲爱的,我积攒了一千年的悔恨和相思吻你,吻不见血就算我白生。

　　我捂着渗血的脸惊叫,做什么呀这只该死的蝉,你以为我的脸是一片森林么?

　　这时从小桥那边走来一位男子,一脸的兴奋:知道吗? 我刚才经过草坪,一朵花从树上飘落到我的怀里,这可是千载难逢的机缘啊,传说中的彼岸花,花开一千年,花落一千年,花开不见叶,叶生不见花。可今天花落我怀,我就是那片世世不得相见的叶,从此花叶阴阳两隔永不相见的悲恋结束了,我的曼珠在我的手掌上盛开。

　　男子手心里捧着那朵花飘飘欲仙地走远,我瞪眼看他有点儿谢顶

的脑门儿,心想,这个人,这么自作多情,一点儿都不懂幽默。

我捂着脸回到家里,对着镜子看那一点血印,不敢多生情愫,只是那真像一弯湿润的唇。

回想刚才的一幕,蝉撞在我的脸上后跌落在我的脚下,我以为它老了快要死去了,才撑不住掉下来碰巧落到我的脸上。可是,那时驶过来一辆车子,我躲开去,它还没反应,我来不及救它,心想完了,这下它得被车轧死了。谁知就在车轱辘碾到眼前的那一刻,它振翅飞了起来,重又飞回到那棵树上,原来它正年轻气盛动作矫捷。我内心生出无端的讶异和喜悦,还有一种崇拜。

刚才那个男子手心里的花似乎留有魔香,唤醒我记忆中的一些残片。记得不知是哪一世,蝉曾对我说过:和我一起飞吧我的飞天我的仙女。我不动亦不语,只等着它说出"我爱你",可它没说就飞走了。想自己的冥顽执拗,为了一个脚踏实地的承诺,我拒绝了飞翔。这么多年,它抛下我不知飞到什么地方,它的羽翼未曾为我振动片刻,它的歌喉未曾为我放歌几许;也不知它轻盈的翅膀拖动着哪一具沉重的肉体,它美妙的歌声错献给了哪一个不通音律的人。

此时它记起了我,不顾生死地撞下树来吻我,它不要我的命也不对我轻薄,只留下一吻见血的深刻。坐在落寞的沙发上,我侧耳倾听窗外的蝉声,盛夏里千万只蝉的混合交响,那么多树木里有那么多蝉在歌唱,哪一个才是吻我的那一只?我可以撒开一张大网把树上所有的蝉都网下来,可我根据什么标记或气味识别它,就像南极数以千万聚集的企鹅,满载而归的雌企鹅能很快从千万里找到它的唯一,而在我眼里所有的企鹅都是一个模样。

亲爱的,给我一个暗示让我找到你,那时,我要做的第一件事就是——折断你的翅膀。

蝉飞回到树上回望,望见我捂着面颊的痛苦背影消失在楼缝里,它的悔恨又在心里升腾起来。

都怪我,本为爱你,一不小心又伤了你。那么多的楼房住着那么多

的人，我可以凭着你左颊上的吻痕认出你。可是楼房如狱，门窗紧锁，我如何才能飞进你的窗口。想当年我对你只差了三个字，害得你失去了飞翔的机会。这么多年你在地上行走，脚上磨出了多少茧子，关节生出了多少锈迹；是谁拔掉了你的羽翼，是谁常把你拖到水里。如今我又遇见你，却与你人虫两隔。我无法在人的楼房生存，只等你从楼房里出来从树下经过。我等着，你定要再从树下走一次，到那时，我定然再从树上飞下来，狠狠地，吻你的右颊——吻不见血就算我白等。

　　一阵风儿夹着蝉声吹来，我听到蝉吻的誓言惊叫：My god！遇上你，我倒了八辈子血霉。

# 移花接木

岁月更替一次,我做了两件事情,一是去年秋天把山里正在盛开的地瓜花移植到了我的阳台上,二是今年春天把客厅里烂了根子的发财树埋到了楼前的绿化带里。所谓移花接木,不是干偷梁换柱之事,而是把既成一体的词语分解成两部分做了。我没有权利随自己的意愿去左右别人,可我有能力和自由随自己的意愿左右这些花草树木,好像我要通过左右这些非人的植物实现一些做人的为所欲为的乐趣似的。

## 一、移花

我来到山野,如困兽钻出豢养它的笼子,在眼前空无一物的那一刻,她的美艳以荒原一点红的态势夺取了我的目光,她托着鲜红硕大的朵儿伏在田埂的秃壁乱草间,如娇娥放逐于荒野。我要她随我去城里,要养她在干净漂亮的阳台上,我本养在别人的笼子里,还要用自己的笼子养听命于我的生物。

移荒野的山花于城市富丽的居室,俗套得像古代皇帝掠美于民间,现代富豪藏娇于金屋,可她值得我这么做,她的美质,在我看来,遍野的山菊和紫猫眼都只配做她的侍从。我跑了几百米远的山路向一个农夫借来了镐头,破土刨根的时候,她损花折枝。她遭到了强暴,施暴的人是我。而施暴以后我不禁惊呆,这是她吗?暗红色的大大小小的长圆形,一簇不折不扣的地瓜,她欺骗了我,她怎么可以用宛若牡丹般的瑰美遮掩她地瓜的粗俗,同伴嗤笑,提醒我她的名字就叫

"地瓜花"，我即自嘲，难道我要一簇地瓜花的底里长着人参娃娃一样的根基吗？

若说是皇帝掠美，我自觉是一个懂得怜香惜玉的好皇帝，我没有把被自己糟蹋坏了的花朵弃置荒野拂袖而去，而是小心地把她收拾好放进袋子抱回来，仿佛自己有多么情高调雅，又仿佛那花朵的心里对我有多么的感激涕零。我还去市场花不菲的价钱买了一个雕花的大花盆，觉得那花盆赛过她所生长的宽阔原野，然后跑到楼后小山的树根下搜了一大袋子肥沃的山土，又下楼到外花园为她拎来小河里天然的水，体恤她本属山野，尽己所能为她打造她原生态的条件和环境，以为这样顺应着她的性子，定不会损了她原本的繁茂和娇艳。

等待花开，尤其是等待这种从山野移植而来的花朵的初次绽放，大概如一位痴情男子等待他钟爱的情人的转世新生，看着她在我所设置的轮回中，瑟瑟娇喘着渡过冬天的冰河，脱胎换骨成一个小小的绿婴，确切地说不是绿婴，而是一个小小的女妖。看着她疯也似的扭着腰肢舞着绿裙攀着日光爬上来，在一个清晨，她椭圆的叶尖上竟挂起晶亮的水滴。她在室内，那水滴不是夜的露珠，而是从她的身体里渗出来的体液，散放着异样的芳香，她已经让前世里那个痴情男人的等待变得焦急似火。

这正是我所要的效果，确定了我掠美于野的正确性。毫无疑问，我为她设置和创造的环境和条件完全适合和满足了她的需求，下一步，就是等待她绽放容颜，那是让我一见钟情的根本所在，她的朵儿正如少女的酥胸日渐鼓胀，低垂的头似乎有些不胜娇羞。

她真的开了，她满足了我所有的等待和欲望，我在她第一瓣红唇开启的瞬间惊呼，又一次不辞辛劳地下楼拎水轻浇在她的根部。等到她向我绽放了她的全部，我的热情却在不由自主地萎缩。那不是她，她是有着一眼望不透的丰厚层数的，她盛开的时候是妖娆恣肆的，可她倾尽所有只开两层。我从来不喜欢一眼见底的单薄浅陋的事物，而

她还在低眉顺目仿似娇羞,盛开的时候娇羞只是障碍,原来她早已失魂落魄。

原来,她曾经于野的妖娆恣肆不是为了强暴和掠夺,而我费尽心机的养育也不是为了死亡和失去,可她已经不在了,她的躯壳来到了我的阳台,她的魂魄留在了自由的田野。城市的阳台上永远无法绽放上帝的花朵,自私的人必须相信这一点。

## 二、接木

他一片一片不停地掉叶子,如我的发财梦在一瓣一瓣地脱落。

把它叫"他"是因为它是树,花为女性,树该为男性。居家过日子不能只有女没有男或只有男没有女,所以我也不能只养花不养树或只养树不养花。况且听懂行的人说,居家一定要有树,吉利,而发财树是当今的最佳选择,于是我一直在居室里最好的位置养着他。

其实每个人都知道,发不发财决不是一棵树可以决定的事情,他只是一种寄托,只和精神有关,或者说当今人们的发财梦都做得有些神经兮兮。只是没想到,这么一棵寄托了诸多发财梦想的贵重树木,却像草一般地好养,经常二十几天不需打理。二十几天,看着叶子有点蔫就浇一次水,但要浇得透彻。勤快的话春天换换土或施点肥,甚至不换土不施肥他也照样勤快地抽出新叶,发财就这么容易。

这么容易的事情却有人把它搞累了。春节我离家半月,托付一个亲戚帮我照看一下花草。等我回来,看见每个花盆都湿润,她说没忘了经常给花浇水,只是忘了发财树是不可以经常浇水的。发财发财,不经常浇水怎么发财,她不理解,我也不理解。

更不理解的是,由于经常浇水他开始掉叶子,掉一片叶子我的心就疼一下。对我来说,发不发财不是最重要的,重要的是他是属于我的一个生命,他不是女性的花朵而是男性的树木,他在我的居室里散放阳气,他比我的任何一盆花都粗壮高大,就像一个伟岸的丈夫撑着

一片天空,我不能眼看着他不停地脱落走向死亡而置之不顾。

我动了许多心思,明白了落叶的原因在他的根部,他的根由于过多的水的浸泡腐烂了,可我总想不出挽救他的好办法。一日忽想起以前养过的一棵茉莉,不知什么原因她在花盆里越来越萎顿,眼看养不活了,索性把她埋到了室外的院子里,在院子的土地里她渐渐复活,活得生机勃勃。我一刻没有犹豫,用尽全力把他从花盆里拔出来抱到楼下,在楼前的绿化带寻了一个好位置,找不到铁锹或镐头,用一根粗木棍加手挖了个能把他放进去的坑。

他是树,男性的,放到哪里都没有娇气和怨尤,倒是我,看着居室里空出的一片空间若有所失,我从楼上打开窗子往下看他,他站在腐烂的根子上,飘摇着只剩了一半的叶子,他还能活吗?我有些酸楚。

春天的风总是乍暖还寒,雨也从来没让他脚下的那片土地干燥过,他的叶竟然落光了,更担心他的根也已经被雨水泡着烂尽了,他最怕水的浸泡,我已无望,然后是日复一日的匆忙。再一日,他光光的枝干上竟又发出新芽了,我在无望的不经意的一瞥中看见,我的树竟然绝处逢生。真是柳暗花明,人与树木相连,说不定在什么时候就会发生奇迹的。

只是弄不明白,春天的风不是撕光了他所有的叶子吗?春天的阴雨不是没有给他片刻适合他生长的干燥吗?埋葬他腐烂的根子的那片土地,是如何救活了濒临死亡的生命,并给他以新生的?我已离开土地太久,无法理解它神奇的力量。

我养着他,一棵树木,以为我的家就是他的家,我就是他的主人和亲人,我只是在无奈的情形下才把他埋进了土地。让树木摆脱狭小的盆盆罐罐,冲出阴暗压抑的楼房,这不是有意的。树木回到了他原本的家,回到了大地母亲的怀抱,母亲拯救了他的孩子。

我的树在楼下的土地里越来越繁茂,楼内的那个位置依然空着,我想着是否再把他给移回来,又怕他回来后不适应室内环境再出什么差错,阳台上的地瓜花单薄的花瓣已经蔫萎了,不论他们什么时候因

什么原因病入膏肓,我都没有大地母亲的那种拯救的力量,也永远学不会她拯救孩子的方法。

　　还是让他待在他的家里吧,明春让地瓜花也到那里去,一花一木乃天地绝配。

# 大红袍

那一晚家中来客，略备水果。忽想到客人爱茶，到处寻找不得，因我素不喜茶，好茶都被丈夫或送人或放在了他的办公室里。

无茶总觉不敬，丈夫忽然想起说，今天有朋友送了点茶叶，亏得还在包里，而且还是大红袍。虽不喜茶，一听到"大红袍"这个名字，心里却是莫名的一喜一热。只因那一年去江浙名茶产地，听说过大红袍的稀有和名贵，也略记得其姓名的来历。今日意外得来，而且还是在这紧要的节骨眼上，就产生了要把大红袍捧在掌心里含在唇齿间的冲动。

烧开滚烫的水，拿出铮亮的杯，每个杯子里小心翼翼地捏了一小撮叫做"大红袍"的茶叶。大红袍，名副其实的"大"，绝无茉莉花茶或崂山绿茶那般的精细，更不像铁观音那般的有形，却是黑黢黢又粗又长的叶，不规则地卷曲着，叶间还夹杂着斑驳的黄。若无人告知，我定不以为那是什么上等货色，白以貌取物糟蹋了精品。

大红袍在杯子里慢慢地扩开，我在与客人交谈的间隙偷眼望去，杯子里满满地散逸开茶的容颜，没闲暇细看，只是有眼前一亮的感觉，同时鼻息里弥漫了异样的香气。

我是冒着夜间失眠的危险，陪着客人饮下杯子里的那些铮亮芳香的液体的。我不喜茶，除了觉得茶入口后有涩的感觉，更主要的是害怕失眠，那东西提神，我脆弱的神经经不起它的提拔。而那晚饮茶，只为了慕名和烘托气氛，竟怀了牺牲般的精神和赴酒般的侠气，说，这么有名的珍稀贵重的茶，就是一夜睡不着觉也要喝，这样就把那杯大红袍的颜色由深饮到浅，味道由浓饮到淡，只觉得香没觉得涩，那夜也没有失眠。就想，大红袍果真不一般，外表可以忽略不计，内在品质却是真正让人

佩服的。

虽则如此，因没有饮茶习惯，大红袍还是被我搁置在橱架上冷淡着。一天天气酷热，坐在电脑前觉得喉咙疼痛，打开抽屉，板蓝根已经喝光，总得喝点解暑的东西，就想起并沏了一杯大红袍。

上一次在夜晚的吊顶灯下匆匆扫两眼，只觉得大红袍的颜色发亮，这一次在大白天的日光里，有了闲暇和闲心细看，却越看越说不清它的颜色，反正与以前见过的其他各种茶的颜色均不相同。顾名思"色"的话，大红袍该呈红色，乍一看，也的确有红的感觉，有点像红茶，但细看，却一点红色都没有，近于黄色，却比黄色更浓更深，近于咖啡色，但又比咖啡色清淡清亮得多。到底是什么颜色呢，我终于想到了琥珀色，觉得用琥珀的色彩来形容大红袍再恰切不过，心情就有些激动起来。

大红袍，名是虚的，喝出异香和异样的感觉是实的，而这琥珀色，是实名之上的灵。才觉得，原来茶也是有灵的，这灵透的琥珀色，把大红袍粗大的黑里夹黄的叶全都融化和提升起来，接近了从远古走来的一粒松香。

这样想着，喝茶的感觉就有些陶醉。却没想到，头一遍茶喝下去，还没饮第二遍，喉咙的疼痛竟然消失了，胸部有了舒爽的感觉。神，真是太神了！那时我是想欢呼一声的，可惜近旁没人，就转头在百度里输入"大红袍"，想立刻得知关于大红袍的全部。

"大红袍"基本信息：武夷岩茶，产于闽北"美景甲东南"名山武夷山，茶树生长在岩缝之中。武夷岩茶具有绿茶之清香，红茶之甘醇，是中国乌龙茶中之极品。武夷岩茶可分为岩茶与洲茶。在山者为岩茶，是上品；在麓者为洲茶，次之。从品种上分，它包括吕仙茶、洞宾茶、水仙、大红袍、武夷奇种、肉桂、白鸡冠、乌龙等，多随茶树产地、生态、形状或色香味特征取名，其中以"大红袍"最为名贵。

我在江浙名茶产地闻听大红袍之名，原来大红袍却非江浙所产，而是来自于武夷山巅，足见其美名远扬了。

关于大红袍名称的来历，有几种不同的说法，一是说明代有一个上

京赶考的举人路过武夷山时突然得病,腹痛难忍,巧遇一和尚取所藏名茶泡与他喝,疼痛即止。他考中状元后前来致谢和尚,问及茶叶出处,得知后脱下大红袍绕茶丛三圈,将其披在茶树上,故得"大红袍"之名。另一种说法,传说每年朝廷派来的官吏身穿大红袍,解袍挂在贡茶的树上,因此被称为大红袍。流传更广的是,每当采茶之时,要焚香祭天,然后让猴子穿上红色的坎肩,爬到绝壁的茶树之上采摘茶叶。

我不知相信哪一种说法更好。要说大红袍治好腹痛我相信,能治好我的咽喉痛就能治好举人的腹痛;第二种说法来自官方,从前皇室贵族的官吏为珍稀好茶解袍而贡,这影响力也是不小;而猴子身穿红色坎肩绝壁采茶,足以说明民间的智慧和茶叶的珍稀。

如此,再饮大红袍,除了观其色而神清亮,品其香而心陶然,得其药效而体舒爽,借其名贵而浪得虚荣,又在杯影之间隐含了武夷秀色和绝壁灵光。

于是我在家中宣布,这一包大红袍完全归我所有,非经允许他人不得饮用。丈夫见笑:一个素不喜茶的人,竟对大红袍如此热爱和霸道,难得难得,都归你都归你。

玩笑归玩笑,我还是会在一个家人共处或来了可爱的客人和朋友的闲暇时光,用透明的杯子冲开大红袍,共享名茶的色香味,并借其谈论一下名茶典故和武夷风光。所以,大红袍的另一个功效,就是给平俗添加诗意了。

# 落日里的老妪

　　珠山的黛青色更深了，沉积成傍晚时分巨大的安宁肃穆的背景。硕大的落日渐渐地挨近山顶上方堆积的云层，仿佛刚挨着就呼啦一下把云层点燃了，连着山根下的傍山屯也烘烘地燃着了似的。老妪从自家红瓦的门楼里探出头来，往村口张望快收工回家的儿子、媳妇。可能是今年的收成很丰厚，这阵子忙得他们总是很晚才回来。

　　门楼对面光滑的大石头还保留着太阳的余温，老妪喜欢这块带有余温的石头，等她踱着小步过来坐上，温热的石头会从根部给她补充因年老而衰弱的热量。落日安宁地端坐在火烧般的云层上面，殷红的光晕笼罩着她有些佝偻的身体，仿佛凝滞了一般。她蠕动了几下有些向内抽缩的嘴，好像小声地自言自语了几句，然后也如落日一样安宁地坐着。云堆已经不声不响地变幻了许多种形态，老妪的表情还是没有些许的变动，看不出是安然还是急切。家里的大黄狗这时也从门缝拱出来，看了看老妪，一声不响地走过来在石头旁边趴下。

　　一缕凉风吹过，动了动老妪枯白的头发，老妪勾了勾身体，眼神仿佛塌陷得更深。她就这样一动不动地埋在深深的沉默中，没有人知道她在想什么。她的八岁、十八岁、二十八岁等等的那些天真活泼的、热情洋溢的、强壮健美的年华是怎样跳过了她枯白的发迹而后消失得没有了影踪；她青春萌动的、初为人妇的、初为人母的那些生命荡漾的岁月是如何悄无声息地陷入她眼眸深处让人无可追溯；她无数快乐和忧伤的、幸福和痛苦的、轻松和艰难的历程，所有的她活过和经历过的，那些都是如风一般的东西吧，吹皱了她曾经鲜嫩的肌肤，风干了她肌肤里蕴含的丰富的水分，抽去了她骨骼里强壮的钙质，使她渐渐地朝着一个句号的形状收拢，用沉默无声的柔韧

写完一篇没有人能够读得懂的文章。没有人读得懂是因为没有人能够去读，整日劳作的儿子媳妇会识得几个字呢，满村庄的人有几个顾得上看看这位沉默的老人，或者抬头朝西方的山顶欣赏一下红红的落日。落日是如此的巨大而圆润，就和它初升的时候一样的大。太阳只有初升和降落的时候才是最大最红最吸引人的，那是大自然最壮观的美景，此时这样的美景铺满了老妪佝偻的后背，老妪面朝着东面她的儿子和媳妇回来的方向并没有回头，只有大黄狗回头瞄了几眼又把眼睛闭上。

落日的红色越来越浓，再过几分钟它就要沉落到青山的背后消寂成漫漫的黑夜了，可它为什么还那样红呢，难道它在努力地积聚起平生的力量做着一种消失之前的凝聚？凝聚起初升时光芒万丈的荣耀，凝聚起正午时挥汗如雨的热度，凝聚起滑过蓝天的轨迹中点点滴滴的爱与欢乐。还有，它是如何用了巨大的理性，边凝聚边收敛，让那热热的火焰朝着内里燃烧，所以它只呈现出越来越浓的红，却丝毫没有耀眼夺目的光。如果不是这样的凝聚和收敛，它怎么会红得让人敢于凝视，直到凝视得心悸和心酸呢。

老妪的后背一定被落日的余晖烘得有些热了，她那件浅灰底色的汗衫也染上了些色彩，可是她的脸，她那背朝着落日的比汗衫的底色还要深一些的脸，并不反射落日的光采，只有那些密密的皱纹，仿佛吸了一些玫瑰的红色在里面，显得深柔而生动。大黄狗抬头看了看她，就像刚才瞄了一眼落日似的，然后又闭上了眼睛打盹。

落日仿佛加快了进山的脚步，这时大黄狗突然猛一下从瞌睡中窜起来，这个动作把沉浸在沉默中的老妪吓了一跳，然后她的眼里就有了这么久都没闪现过的灵动，目光跟着大黄狗跑去的方向过去，看见她的儿子和媳妇扛着镰刀和铁耙大步地走回来。

儿子朝着过于兴奋的黄狗大声地吆喝了几句，媳妇笑着跟老妪说了句话，然后进院叮叮当当地放下肩上的工具。大黄狗舔着女主人的鞋子，老妪慢腾腾地跟在后面进去，慢腾腾地回身关上大门，太阳也悄悄地落到珠山的背后去了。

# 毛毛、伶伶和俐俐

## 一

　　毛毛老了。从前我去的时候他总是朝我身上扑,后爪支起来呈直立状,前爪张开着呈拥抱的样子。他喘着粗气,热切地低吠,竭力地奔扑着,渴望挣脱脖子上的铁链扑到我的身上拥抱我或让我抱他。有时我不忍拂了他满腔的热情,忍着他浑身的尘土和腥臊味和他亲热一下,他就一头扎到我的怀里,用头拱用舌头舔,剧烈地摇着尾巴扭着身子,不知怎样才能表达出自己的情感。大多时候因为怕脏我只动情地看他,和他保持着距离,摸摸他的头握握他的爪子,他很不满足,仍竭力地张着怀抱扑向我。我想他应该结婚了,应该有只雌狗来承载他的激情,他年轻得像头强壮的熊。可是他一直被链子锁着,在茫茫的大海边孤独而忠诚地坚守着主人的养蟹池,没有机会接触异性。婆婆说如果有外人的车子开进来拉货,毛毛就不停地叫,怎么喊他都不停,而且越叫越凶,直到把嗓子叫出血来。可如果是主人的车子,打老远他就用爪子挠地小声嘀咕从不大叫。从那以后我就另眼看待毛毛,另眼看待这只为主人把嗓子叫出血来的狗。

　　毛毛小时候特别温顺,一身厚厚的深灰色绒毛,东拱拱西嗅嗅,像只毛茸茸的小鸭子,怎么逗弄他都不恼。他是年轻的国在他还没有断奶的时候抱回来的,国是他的第一个主人。后来因为国的舅舅在海边养螃蟹,就过继来给舅舅看蟹池。每次国来,毛毛扑他比扑我更厉害,亲热得什么似的。国不耐烦,有时就训斥他,有一次可能是不小心毛毛把国的手给咬破了,国狠狠地揍了他,差点打碎了他的头盖骨,害得他好多天

都吃不下东西。从那以后毛毛再不和国亲热,且见了国就呲牙咧嘴要咬他的样子。

春天的时候我去看婆婆,发现毛毛瘦得厉害,毛发失去了往日的光泽,见了我也不热情了,一副无精打采的样子。我说毛毛生病了吧,怎么落拓成这样了。婆婆说毛毛没病,且神秘地笑。我不解,婆婆轻声说这几天不知从哪里跑来了一只母狗,毛毛和她交配了。哦,毛毛结婚了,毛毛终于过了他该过的生活,可是他付出了这么大的代价,熊一样强壮的身材没有了,火一样的激情也没有了,瞥我的眼神像不屑正视人的沙漠狼一样。

那只母狗再也没走,她怀孕了,让婆婆拴在房子的另一侧,和毛毛隔房而居,各过各的,谁也不再渴望谁,不知他们是否有另一样人所不解的情感交流。

如今,母狗生育了,生了八个虎羔子一样的小崽,自顾自的幸福着。毛毛在房子的对面平静地看着,一点也没有要和老婆孩子亲热的冲动。我去的时候和他的孩子亲热,他一点也不动情,蔫蔫地蹲在那里一副老气横秋的样子。

毛毛老了,他怎么老得这么快呢。

## 二

伶伶和俐俐是我亲手埋葬的,在那个挂满露珠的早晨,伶伶和俐俐经过一天一夜拉肚子且食米不进的折腾,还没有完全断气。我知道她们活不成了,不忍再让她们受罪,就痛下决心提前埋了她们。树下的土潮湿得厉害,她们声音微弱气息奄奄地进去了消失了。

足有半天的时间我心情低沉。直到现在,也记不清有多少个时日了,她们的两只要吃食的小嘴仍然朝我大大地张开着喳喳地叫着。她们都能听出我的声音了,只要我悄悄走近她们的小窝,她们就立马张大了嘴大叫,而且她们都知道在我伸过手掌的时候往我的手上爬了。

我只期待着有一天，当她们会飞了，我一回家，她们就飞落在我的肩头，我一伸手，她们就落在我的掌心里，我带她们去草坪上玩耍，她们就尽情地满天飞，我一声口哨，她们就立马飞回到我的身边……听朋友说的，她小时候养的一只小麻雀，喂大后她走到哪里麻雀就追到哪里，一点都不怕人，要不是那只可恶的猫把它给捉去吃了，它还会一直跟着她的。我也想要这样，而且想好了决不让恶猫靠近她们。可是她们没有长到我期待的样子。

是住在乡下的一个朋友的亲戚把她们从窝里掏出来的，那一窝有六只，实在看着可爱，我就向他要了两只带回来。丈夫见了就皱眉头，说我们简直是伤天理，把这么小的麻雀掏出来，麻雀的父母失去孩子会被气死的，而且麻雀是根本养不活的，人家父母喂她们的都是野生的原生态的虫子，你能喂她什么，早晚得把这小生命给糟蹋死了。

听了丈夫的话，想起觅食回来后找不到孩子的麻雀父母，心里着实很是愧疚了一下。可又不是我掏出来的，而且我并不相信我养不活她们。我用棉布精心地给她们做了窝，身下垫了柔软的卫生纸以备接住和清除她们小小的粪便。有时把她们放在手里喂食，她们吃饱后就把屎拉在我的手上，我竟然还笑起来，一反平日的洁癖一点也不嫌弃。上班时我把她们装在一个小盒子里拎着，她们太小了，惹不起谁的注意，倒是让我时刻牵记着，偷空朝她们的小嘴里塞食物。

每天早晨我需得早起十分钟把肉从冰箱里拿出来剁碎化成常温，再泡一点新买来的细米。丈夫每天见我喳喳地喂食麻雀，就微笑地提醒我是否需要喂她们水，我说应该不能，麻雀父母也不会喂她们水，虫子身体里有水分，肉块和泡米里也有水分，再喂水怕喂坏了肚子。他又说应该像她们的父母一样喂她们虫子吃，我说到哪里去找虫子呢，结果周末那天他就跑去户外的草坪上给小麻雀捉虫子去了，却是一只也没有捉到。这个男人，真看不出，平日里就喜欢摆出大男子主义的一副凶相，原来也有柔软善良的像小女人的一面。

要不是那个星期日我有事要外出一天，小麻雀也许会健康地长大，

也许就不会死。经过数天的喂养，知道了丈夫对她们的爱和关心也不亚于我，感觉就像我们又重新生养了一对孩子，所以那天我放心地把小麻雀托付给他，告诉他喂养的方法，他欣然接受，我放心离去。中午电话询问，他说她们吃得很好。傍晚回来，她们的确还好好的叫着要吃的，可是第二天早上掀开窝一看，她们拉了满窝的稀，有一只听见动静仍然张开嘴叫着要吃的，而另一只只能细声叫唤却张不开嘴了。我立马怒气冲冲地去掀丈夫的被窝，责问他昨天给麻雀喂什么了。他惊起问麻雀怎么了，我说你自己去看看。他立马起来去看麻雀，然后嗫嚅着说也没喂什么，就喂你给她们准备的食物了。我说你肯定喂水了，他没敢反驳，我确定他是给麻雀喂了水了。这个男人，永远都要按自己的想法做事，我行我素，即使劝告也不听。麻雀病了，拉稀，翅膀上还长了病瘤一样的小肿块，我喂她们消炎片、解毒片，一个时辰过去，一点儿不起作用，我就知道她们活不成了，她们太弱小了，经不起一点儿病魔的侵袭。

的确，我做了一件伤天理的事情，要不是我非要喂养她们，要是一直让她们的父母喂养她们，她们定会成为大自然里展翅高飞的精灵。而如今，我把她们交给了死神，生水是致使她们拉稀的根源，非生态猪肉是致使她们长肿瘤的根源，总之她们不会在非生态的环境里健康地长大，她们只会在人为的恶劣里迅速地夭折。

有时我站在窗口看着楼下草坪上的麻雀发呆，它们在那里灵巧地啄食噗噗地奋飞，却都不可能是伶伶和俐俐。

# 贰

# 生命感悟

当水成湖
肉体与灵魂
我的壳
空
时间的牙齿
倒立行走
千古一笑
女人的孤独
心语
美丽是女人的翅膀
男和女,彼此的容器
这样的男人也很酷
午夜的阳光
招聘广告中的一把座椅
电线杆上的鹊巢

# 当水成湖

当人渐渐变老,就像水渐汇成湖。

——题记

山泉——瀑布——小溪——河流,向低,再向低,在山峰坠落岁月塌陷的地方,水流成湖。水的漫长流程中所有的故事,连同黄花落叶和夹带的泥沙,全都在这里汇聚混淆并沉淀,一层层积向底部。鱼兴高采烈地用尾翼摇起一些浑浊可食的渣滓,诗人歌吟着游鱼可数的澄澈湖面和湖边可歌可泣的美景。

当水成湖,它已失语,它无法再去谱写那些撞击、粉碎和分割它,又鞭策、推动和成全它的沟谷与石砾,无法再去召唤那些举它到最顶峰又摔它到最低谷,让它惊恐万状又使它壮美万千的高崖,以及那些繁茂的森林和草地,决绝的戈壁和沙漠,它都无法再去一一历数和歌吟,我曾以为这是湖的遗憾。可是当我向着湖凝望,不论是西湖的浩瀚明媚还是天池的深邃澄碧,都望不见一点一滴的遗憾的影子,而在那浩大的一点一滴之中,尽都闪现着石砾的澄澈、高山的壮美、森林的丰厚、草原的宽广以及戈壁沙漠的苍茫,这不是我的洞彻或无中生有,而是湖本身的来历与流程的携带和蕴涵。

只是当水成湖,它已无需回首或述说,它只需积存或呈现。湖是水在所有的奔腾宣泄和迂回曲折、狂歌劲舞和浅吟低哦以后的平静无语却意味深长的微笑,是眨动着大彻与大美的"大地的眼睛"。还有湖里的鱼虾,岸边的花草树木,湖上的四季,四季之上的天空,以及湖自身的沉静或变幻,都已不需言语。湖只是湖,它并无意于是否有人打开阅读或演示它,也无意于世界与红尘,它只在意于敞开而展示天堂,深入而渗透地狱。

  我还是有些耿耿于水汇成湖的过程,那些随遇而形,随境而状的散漫灵动的水,那些可高可低可急可缓可细可宽的水,忽而成为一种固定的形状和态势:在天圆地方中的一片不圆不方,在世界瞬息万变中的一种默动的宁静。当水成湖,这一种形状和态势的框定,使水不能随大地起伏而长啸当歌,使澄清历程和切割岁月成为一种困难,使选择沉默的表达成为一种艰难,与婴儿诞生时的哭声相反,每一片湖的形成都伴随着内缩的痛楚。最终,湖沉积并安宁下来,这大自然中最灵动的生灵也知道随遇而安。

  岸渴望着漫没湖的激情,树渴望着提拔它的力量,高原渴望着滋润它的温柔,平原渴望着冲刷它的气势,泥沙渴望着夹裹它的爱情。湖拱动起数千层波涛想奔赴那些渴望,可是在数千层波涛以下,湖发现自己的激情已如此饱满,力量如此厚积,温柔如此深重,气势如此宏伟,爱情如此博大,它已不需奔突,所有的情爱都已积存于湖的内心,湖宽柔而沉默。

  在汇聚和堆积、框定和沉淀以后,湖形成了自己的秩序:静而动,浊而清,浅而深,有形又无形,有限又无限,单一而又千姿百态,沉厚的过去呈现清澈的现在和未来。有时一个顽童的一投石,一艘小船的一划桨,甚至一只雷管一枚炸弹,偶尔会打破湖的宁静。其实湖很想借着顽皮的石头说句话,可话刚出口就发现石头只是它偶然的一个小小的坠落,它不能成为湖的代言者;它也想借着小船唱歌,可刚唱两句就被船夫的歌声拐跑了调子,船夫歌唱的不是湖渴望抒发的;湖也想借着雷管炸药冲出不圆不方的包围,可雷管炸药只是一种空洞的呼喊,它只能使湖的沉积更多、塌陷更深。湖还是湖,当夜幕降临,一切归于宁静,湖拥抱着自己的秩序和秘密入眠。

  湖是有秘密的,如果说河流有秘密,湖应该蕴藏着千万条河流的千万个秘密,而湖的难以揣测的深度,水底那些茂密的水草、触摸不到的鱼群,甚至水蛭和水蛇,一些危险不明的黑洞暗礁或微生物,这些显而易见的东西都不是湖的秘密。河的秘密藏匿于河的内心,湖的秘密藏

匿于湖的内心，你可以在湖岸留连居住，可以在湖边踩踏嬉戏，可以在湖面划桨荡舟，就是不能踩入湖的内心。每一个个体都不能试图走进另一个个体的内心去揭示它的秘密，那是一种危险，那需要灵魂的交付，即使是水性佳好的，也不能成为湖水内心里的居民，湖只容纳鱼虫虾蟹水草软泥等那些从来都不懂得探究它的秘密的生灵，湖把这些生灵养育在自己的秘密之中，它因这样的养育而安然和幸福。

当水成湖，草更浓密树更繁茂鱼虾更肥鸟雀更自由，而人更加愚蠢。一个人每天吃一条鱼就足够，一片湖的鱼能供他一生享用不尽，可是他大网捕捞了所有的鱼去换取无尽的奢侈和欲望，然后他守着空湖饿死；一个人一生用一个篮子就可以拎来他需要的所有的东西，可是他扔掉篮子，每天更换并往湖里扔弃一个袋子，然后被满湖腐烂袋子的气味呛死；一个人每天可以在湖的从早到晚变幻不尽的美景中沉醉不尽，可是他离弃湖泊奔往人群或城市，他抛弃了属于自己的心灵的家园在他乡流浪。只有梭罗，从湖的角度讲，梭罗是非人类的，他是上帝的，又是湖自身的一片水域一朵浪花，或是散漫于湖心的一个仙子；他干干净净地一个人拥湖而居，他从不愚蠢地去探究湖的秘密，他在湖的边缘独自生活，交融上帝亲近自己，他在湖这边垂钓时间，"时间是我垂钓的溪……我喝溪水……我愿饮得更深"；他在湖那边挖掘宝藏，"智慧是一把刀子……我的头可以挖洞……我要判断，我要在这里开始开矿"。当我走近梭罗我就走近了瓦尔登湖，走近瓦尔登湖就走近了上帝和自己，走近了智慧和幸福。瓦尔登湖是梭罗的福祉，梭罗是瓦尔登湖的福音。对于大地，湖愿意养育一切，对于人类，湖愿意养育贴近上帝的子民。

想一个人拥湖而居，凭四季由冷到热，头发由黑到白；想一个人拥湖而居，生活由繁华变清贫，心脑汇百川成一溪，让聪明冲破头顶的皮屑变得青烟袅袅，那时，天是天，水是水，树是树，草是草，湖是湖，我是我。白天黑夜，我揣着这个梦，我必须揣着一个难以实现的梦想去生活和跟踪湖泊，否则我会越来越看不见自己的愚蠢。

　　而水的智慧不需要梦想,湖并不是水的梦想只是水的方向,汪洋大海也只是水的方向,向低,再向低,水没有梦想只有方向;湖也不是水的归宿而是水的流程,只是这个流程缓慢而庞大,庞大得足以填平岁月沟壑,足以养育孤独与哲学。伟大的思想家赞美水"泽被万物而不争名利"的德行,认为那是世界上最高的一种品行境界。可世上的名利之山越堆越高,而水越走越低,低而成湖,低而入海,在江河湖海,水拥有无限的风景,在人间,水永远是低不可视或高不可攀的美丽传说。

# 肉体与灵魂

"思念之岛"大概是搞物理的,是我偶然加的一个博友,他从物理的角度观看生命,叫做"物理远角",说"生命是能量的一种缓存",问"生命源于什么?一点能量,一束光,或是一丝电流?"这样的一句肯定和一句疑问,大概也成了一束光,照见了我长久以来存在的一种苦恼:生命的意义是什么?既然宇宙都将要归于万劫不复,一切都只不过是空,更包括生命,那我们每天每日所忙的和所做的究竟有什么意义?

把如此迷惘悲观的思想拿来对照上述的物理角度,不禁有些释然,其实自己是患了一种远视病。近视和远视都是不健康的病态,近视是只见眼前利益得失没有思想思维和豁达的判断,远视是故作智慧深沉导致的徒劳的假大空,正所谓"远虑近忧",人总是不自觉地陷入这样的苦恼之中。

自嘲之后,我看见了自己的身体,它是我,它存在,它内里的机器在正常运转,它外在的形色在散发热量和发生感知,与我发生接触的人和物,都因为感知到这样的热量而证实我的存在,我也因为感知到所接触的人和物来证实世界的存在。一切的存在都有它的合理性,有合理性就有着它独特的美,有着合理性的独特的美就是存在的意义。

意识到近视和远视的病态,我开始变得清澈、简洁和直接。如果说"生命是一种能量的缓存",那么肉体就是那一点热量,灵魂就是那一束光芒。

许多时候,我的灵魂喜欢脱离肉体去作随心所欲的漫游,它厌倦肉体的制约与羁绊,蔑视肉体的软弱与低贱,它在优美高贵的地方徜徉,在痛苦黑暗的地方历练,让我相信"灵魂脱离了躯壳便可以归到天府",

我可以通过灵魂的目光仰望到永恒的天堂。可是,当我的肉体以实实在在的疾病的力量把灵魂拉回来,我的肉体发烧了,每一个器官都被烧得轰轰烈烈,每一缕魂魄都被烧得昏昏沉沉。燃烧的肉体告诉我我在,昏沉的灵魂告诉我我要死了,而我没有在将死的昏暗里看见阳光和天堂,灵魂也没有看见,灵魂甚至都没有看见肉体死后它的出路在哪里,甚至梦,"灵魂在肉体睡眠(最接近于死亡)的时候最能够清晰地表现它的神旨"的梦,也在昏沉的水深火热里挣扎。

这就是我的局限,由于局限我不敢轻言信仰,我只相信切实感受到的东西。

我赞美肉体就像赞美上帝,它完美的形状,它缜密的构造,它五脏六腑和谐神秘的运行,它热腾的血液,它真实的不加掩饰的欲望,构建了一个叫"生命"的东西。我敬仰它,生命的最直接的上帝应该是肉体,肉体的诞生就是生命与灵魂的诞生,每一个器官的完美决定着生命的健全,每一个器官的健康决定着生命更加旺盛的创造能力和存在的意义,每一个健全健康的生命养育和滋长着神秘的灵魂。

我喜欢西方艺术家用华丽的油彩体现人体的美,那些张显的、洋溢着人体香色的健美均衡、和谐律动、华丽直观的美,直接冲击了基督教的禁欲主义。古希腊的哲学家们认为:在万物中唯有人体是最匀称、最和谐、最庄重和最完美的。于是,我赞美人体及人体食欲、性欲、舒适欲甚至享乐欲等正常的欲望。食欲是维持肉体各个器官正常运行以维持生命存在的最基本的欲望,性欲是维持生命生育繁衍后继有人的最基本的欲望,舒适欲和享乐欲也是生命存在所需要和追求的一种美或理想。然后有各种营养美食方面的、伦理道德方面的、思想主义方面的专家或大师站出来劝诫人不要饮食泛滥和过度,不要性欲泛滥和过度,不要贪图享乐。可是一代又一代的人前仆后继,都在追求饮食,追求性,追求舒适和享乐,说教有时是无力甚至是聒噪的,因为上帝造人、造世界,自有天道和规则,无论是哪种欲望的过度和泛滥,都自有相应的病痛或悔恨的惩罚。人类从幼稚到成熟,自会学着更好地明白和掌控。可是只

有不犯错误的圣，没有不犯错误的人，上帝是宽容的，我们为什么不能对自己多一点宽容。

于是我爱着自己的肉体，喜欢满足它对美食的欲望，不排除偶尔的贪婪，那是肉体的生机与活力的彰显；喜欢看着它丰满的性欲，满足它，那是见证生命生生不息的灿烂的花朵；喜欢给它创造和提供更舒适更适合它的栖息之所，因为那是生命健康发展的需求，美好的追求是无罪的。

那么灵魂何在，在人不断地为肉体的欲望而忙碌的时候，灵魂不在场吗？恰恰相反，没有人能够把灵魂和肉体分开，灵魂因为有肉体才有能量，肉体因为有灵魂才有光亮。灵魂潜在于肉体的深处，在心脏中跳动，在血液中流动，在头脑中舞动，它在为满足肉体的欲望的努力中放射光芒。为了满足肉体的食欲、舒适欲和享乐欲，灵魂督促人不断地劳动创造和获取，它赞美和追求劳动、发展和创造的光荣，赞美和追求造福于己于人的光荣，在它的光环里，人的每一点行为都成为温暖祥和普照的光；可是，它还无时无刻不在窥探着世界的每个角落，天上飞的、地下跑的、海里游的、林中藏的、以及别人手里拥有的，它都以需求和欲望的名义获取，它在光度太强的时候就刺伤了世界。为了满足肉体的性欲，灵魂以爱的名义唱着最动听的歌谣跳着最迷人的舞蹈，以最值得赞美的篇章奉献、牺牲和获取，它真挚柔美的光环使爱成为永恒的美谈，使世界充满温度使生命更加繁茂；可它还会以爱的名义无休止地追逐异性的气味，追求性的泛滥以及永不满足的新奇刺激，它的光圈太大，模糊了世界。

灵魂是肉体的土壤里滋长出来的具有魔力的植物，它在肉体的欲望上滋生自己的欲望。相对于肉体的欲望，灵魂的欲望要多得多，如爱、荣誉、理想、发现、发展、创造、进步、互助，它有着天使一样的光芒；如恨、自私、虚荣、嫉妒、贪婪、淫乱、堕落、破坏，它有着魔鬼一般的烈焰。它会成就也会毁灭，它让人爱也让人怕。许多西方的神学家和哲学家以及一些宗教信仰者不遗余力地要把灵魂和肉体分开，以为那些魔鬼一

样可怕的东西都是因肉体的欲望滋生而来的，他们要灵魂脱离肉体并无限地高尚和高贵于肉体，并在肉体死亡腐烂后灵魂能够飞入天堂，飞入无忧无虑干净圣洁的地方。他们在灵魂和肉体之间挣扎，努力使自己成为上帝和神的儿子。可是谁能拯救世界，把它变成理想中圣洁的天堂。高贵圣洁的灵魂可以飞升到那里唱赞美的圣歌，可它仍然要飞回来满足肉体和它自己的欲望，没有人可以不吃饭不睡觉不做爱不说人话和不劳而获，没有人可以不爱不恨不追求不创造不过人的生活，空想和孤独都是可耻的，懒惰、愚昧与贫穷也是可耻的。我是凡人，只能站在凡人的角度说话，我有肉体和灵魂就有生命和欲望，有欲望就得与天使和魔鬼共舞，谁的一生只做天使没做过魔鬼或只做魔鬼没做过天使，谁能掌控我们的心灵和一举一动，让我们永无过错，就像每一个孩子都在学习走路的过程中不停地摔跤，摔过了就站直了、走顺了，除了摔跤没有任何其他人能够教育和帮助他。

　　有一天逛超市，忽然听见一个声音热情地唤我，回头我看见一对陌生的夫妇，我已经记不起他们，他们却没有丝毫的不快，仍然继续着他们的热情，说他们的儿子到现在还对我念念不忘，是因为我的缘故他才喜欢上英语并把英语成绩迅速提高起来，才顺利地考上了大学。他们表达了许多的感激之情然后和我道别，我的充实和幸福感油然地在心中升起来。其实我经常因为做厌了教师的工作而抱怨和颓靡，可这一幕让我改变，我感到了自己的光，那光很小很弱很平凡，但是它在那里闪烁并生成热量，那就是我的生命——肉体和灵魂存在的意义了。

# 我的壳

周末在家接到同事的电话,为了一件瞬间而过的小事,她在电话里磨豆腐似的跟我唠叨了半个多小时,最后我抓紧时间总结似地说你真是太可爱了!别想不开,好好享受八小时以外的轻松,说完嘿嘿地笑,放下电话即皱起眉头:这个心如针鼻的女人,简直是愚蠢至极!

为了迎接上级的检查,领导让我补上废弃了一年多的语音教学记录,一年的活儿让我三天造完,这是非人性的,可我还是得说好好好,争取尽快补完,不给领导抹白,然后转身过去使劲地啐了一口:棉团里掺柳絮——假出花来!骑马不拿鞭子——让我替你拍马屁!

我是老师,我爱学生,我喜欢他们活泼快乐地按照他们的自然规律成长,可不知是谁要死命地比成绩,要拼命地在某某区域内考第一,于是我成为一只无形的手里驱赶学生拼命学习考第一的鞭子。真的考了第一,他们说我真是个好老师,我对他们笑,然后对着自己骂:你是个拔苗助长的愚人,摧残花朵的刽子手!

我经常要做类似这样的事情,对自己厌恶的人说好好好,对自己反感的事说是是是,转过头来再自己骂娘。说好说是的是我,骂娘的也是我,这两个我一前一后亦假亦真亦虚亦实,似乎合情合理。如果我放任后者对着同事或当着领导的面把后面的话捅出去,那我除了挨骂就是挨踢,所以后者需要前者去压制和管束,并在其狰狞的面目上涂上糖和蜜,虽然时常感到难过,但却是必须。别去揭别人的短处,不要逆着潮流行事,每个人都需要懂得生存的技巧。

于是两个我的同时存在成为必要,后者是不谙世事的天真孩童,前者在监护他的成长;后者长大了还不懂事理讨人厌遭人嫌,前者具备了

成人的宽和明理受到欢迎和赞美；后者总是顽皮，总想对前者实行突破和穿透，前者总是四平八稳，总能驾轻就熟地对后者进行遮掩和包庇；前者是壳，是外在的面儿，漂亮而坚硬，后者是里儿，是真实的内在，本色而脆弱；前者对后者是一种庇护，后者对前者是一种背负，这关系就如乌龟与它的龟甲，蜗牛与它的脆皮房。

肉体是我自己，衣服是我的壳。我喜欢洗澡，讲究卫生是壳以外的，喜欢赤裸于水是壳以内的；我却讨厌裸睡，真实赤裸地拥抱自己成为一种厌恶，穿戴漂亮的壳成为一种舒适和习惯。

我习惯于微笑，习惯于随和，也习惯于沉默，习惯于忍一切所不能忍，这个壳越来越有力地护我于平安无事的地带。平安是福，沉默是金，和谐为贵，这些从来不适用于强权和强武的词语，却一直适用于我这样的黎民百姓。

我的壳，我需要，我习惯于背负，因为它是我唯一的武器。偶尔地，我忍不住从壳里冒出头来，我的角触到了正在敲打着我的壳的一件东西，我用我的角把那件东西击碎，我扬着头挣脱出来轻松得意地行走，以为我可以丢弃沉重的壳了，可是很快就感觉到角的疼痛，它受伤了，它在击碎别人的同时也击碎了自己，它已经在壳里龟缩得太久，已无法适应与外部的冲突。

我习惯性地缩回壳里，壳宣言：不要去碰撞什么，即使有什么东西敲打你，也不要去碰撞，因为敲打你的东西不外乎三种：比你坚硬的，和你一样坚硬的，不如你坚硬的。碰撞比你坚硬的东西无异于以卵击石；碰撞与你一样坚硬的便如两虎相斗两败俱伤；碰撞比你弱小的做恃强凌弱的事情，胜利的是你的外表，失败的却是你的内心。壳说得对，它总是在证明我需要它离不开它，它拿蜗牛作比喻，在蜗牛的世界里，没有一只蜗牛能够抛弃它沉重的壳得以生存。

一个朋友褪去了壳，满头的角竖起来顶到了上司，他被开除了，月收入归零，老婆骂他不识时务逞一时之勇其实一个弱智；一个女人褪去了壳，告诉别人她有了外遇，被丈夫休回，被亲戚朋友的唾沫淹没，跳楼

自杀落了个残疾;"范跑跑"褪去了壳,向世界公开真实的自我,真实的弱点和缺点,被网络和媒体放大成了人见人唾的丑八怪。

所有人的相处和发生的故事都在壳以外进行,所有柔软稚嫩的都躲藏在壳以内;所有壳以外的秩序都被认同,扒下壳来,我们吃惊和害怕,我们不认识或不敢认识自己。

我喜欢独处,却要和所有的人打成一片;我喜欢自由,却要把自己交付给按时靠点按部就班的单位,交付给别人的管制和支配;我热爱正义,却不去斥责身边人的贪污腐败和行贿受贿行为;我追求真,却遮藏起自己最真的部位;我喜欢浪漫和梦想,却拒绝丢弃脚下艰涩的路去做浪漫的梦幻之旅;如果我足够勇敢,我舍弃,我突破,我成为我,成为人群里一个另类的自由的穷光蛋和放浪形骸的疯子,有时疯子就是天才,天才经常接近于疯子,那是否很酷,很惹人眼球。可最终我无法成为,我还是缩回壳里,缩在壳的边缘嗫嚅:我不是疯子,也不是天才,我只是个庸人。

每个人彻底地褪去壳都会显露出天才和疯子的本色,只是不能作为常态,只能作为偶尔,譬如偶尔地面对一个人和一杯酒,一个褪去了壳的人和永远也不会背负壳的酒。你都褪光了,我为什么还捂着,酒都没有壳,我为什么还背着,与你这样柔软抵着柔软,稚嫩摩挲着稚嫩地在酒里扒光,疯子似的骂娘,天才似的作诗;告诉你我恨谁爱谁想谁,告诉你我所有的失意得意和心底的秘密;你说天高我就说海阔,你说天南我就说地北,与你一起成为放下器械的信徒,成为袒胸露背的飞天。如此亲密和亲爱的你却不一定是我的朋友,朋友这个概念有时也挺滥;你也不是我的情人,情人这个概念其实也累。你不是我的什么,可我宁愿你真实存在,想你了就去找你,就像想喝酒就伸手去拿一样。人总得背负一些东西,但也需要卸载一些东西,找到你就找到一个卸载的通道。

我写字,我的壳已经够重,我不想再让文字成为我的壳,只希望用文字扒去我的壳晾晒我自己,希望浸在文字里就如同浸在酒里一样。我

尝试着这样做,可我竟然痛苦,当我一层一层地扒光自己,扒到内里的最真,我却不停地犹疑,我无不胆颤地面对内里真实的丑和美,无不辛苦地遮掩丑和挖掘美,有些文字又难免成为壳,即使不是壳,也不是恣肆的酒疯,也许我们可以逃出壳但不可以逃出秩序。

壳是甩不掉的,我需得背负,可我还是活得挺快乐,快乐不是来自于背负,而是来自于对快乐的巧妙窃取。每个人活着都有快乐也有痛苦,但不能活得悲哀。背负有可能成为习惯,而把背负当做快乐就成为了悲哀。

# 空

## 一、大自然之空

我们无法穷极宇宙,却相信宇宙产生于无也终将归结于无,任何事物都有一个开始也必将有一个结束,更何况我们赖以生存的地球以及人类本身。物理学中的热力学第二定律是最令人伤心绝望的,它把宇宙的最终归结为"完全死亡,万劫不复",宇宙正在缓慢地、坚定不移地走向这种不可抗拒的命运。几代智者为此怀疑人类的存在是否有意义。生与死是宇宙和大自然的定律,悲观和沮丧是人类智慧的痛楚。

可是,以个人短暂的生命去忧虑亿万年以后的事情似乎毫无用途。我们在大自然"无中生有,有中生无"的轮回中加入一个极其短暂的轮回,我们只能看见和感知天空、大地、太阳、星星和月亮,以及四季生死的交替和生生不息,我们在一个有限小的点里由有变无,由无变有,有和无,实和虚都是相对的。

当秋风掠下最后一片黄叶,枝头的果实被果农采摘一空,丛林的华衣被季节的寒风剥落殆尽,树空如漏。我们会感到凄凉与空寂,可并不因为这一个季节而悲观绝望,因为我们很快又会迎来新年又一轮的繁荣,现在的空正要孕育未来的实。而蚱蜢瑟瑟,它无法看见和得知下一个春天,无法抵达又一轮的人间天堂。它走后,它的存在成为空,而世界依然,如果它有所企盼,只有奢望灵魂的穿越;如果它有所思想,就会患上一种叫抑郁症的病症。人在宇宙,就像有智慧的蚱蜢。

当田野收割完最后一批庄稼,青山枯萎了最后一抹草色,白雪茫茫,天地间只剩下无边无际的空;当草原放牧完最后一群牛羊,大漠收拢尽最后一抹晚霞,夜的空也成为无边无际,可那并不是真的空了,那些空茫里储藏和孕育着许多实实在在的东西,空只是一种情绪造成的假象,就如幼年的我从没有感到过空,我在秋天收集落叶储备寒冬的热量,心里铺满了那些落叶金黄的暖调色彩,像小山一样。而父亲借酒浇愁,经年老酒的余香才会触摸到空。我还喜欢北方三月的土地,一望无际的沉寂的苍茫的空,可是我明显地感觉到那些要从土地的空里鱼跃而出的新生命,尤其在一场细雨过后,空里的繁荣已经近在眼前了。

大自然呈现的是空的假象,也许宇宙的、人心的空也都是假象。天空以后布下云朵,地空以后再次播种,宇宙亡后再次重生,人心死后再度鼓起希望,宇宙和大自然真的会最终归于万劫不复的死寂吗?

## 二、人心之空

当人类意识到生命和自身能力的有限,追问到生命之于宇宙和大自然存在与消失的意义,以及我们在芸芸众生的生死交替中所扮演的极其短暂和微弱的角色,我们说人生如梦,如白驹过隙。当生命的极限无法穿越上帝与生死的玄妙,生命的河流无法追溯和挽留,智慧的巨眼穷极了上下五千年,生命却短暂和无知得如秋后的蚱蜢,抑郁能不从中来。

自从亚当和夏娃偷吃了禁果,智慧就成了人类痛苦的根源,因为智慧,人类才意识到一切都只不过是空,也是因为智慧,人类无法停止思考和创造,即使疲累,即使心如明镜,也为了一个最终本空的结局而生命不息,奋斗不止。也许人类生存的意义就在于此,他声声慨叹着"四大皆空",他踏着空空道人的《好了歌》行走,却一直繁衍着不尽的欲求,不因为"荒冢一堆草没了"而放弃功名,不因为"及到多时眼闭了"而放弃

金钱物欲,更不因为"君死又随人去了"而放弃爱情,不能不说,这是生的奇迹。

空有如人心之古,又如人心不古。若人心古去,一切为空;若人心不古,空而又荣,谁能说空是绝对的或是不绝对,就如大自然冬而又夏,夏而又冬,草木枯而又荣,荣而又枯,天人一理,人心真的能放弃希望吗?

## 三、佛法之空

佛说,人因为迷惑无知而妄行投生,所以六根不净,爱欲求取,贪生怕死。可这所谓的"迷惑无知"本身就是不实在的,其实本无"我",只是"假我"在执着和渴求,所以迷惑不明是求之则有,不求则无的。"无无明"(没有迷惑无知),"性空本无",一觉醒来,什么都是空的。

可是人们不能明确这一点,所以继续爱欲求取,继续"迷惑",继续陷入生老病死的苦痛,因果轮回,苦海无边。生源于迷惑,源于不明真理,所以产生"名色"(心身)和"六根",所以感受和欲求,受则爱,爱则求,求则苦,苦则惑,惑则又生。如果斩除了色和根,不再为生,那么由它而生的所爱所求,所作所为,所贪所惧,也无始无终,都将成为无根的空。

佛的空是最为彻底的,几乎是穷极宇宙的空,它要斩断生老病死的根源——"名色"和"六根",斩断生的迷津和欲求,使世界如同声音之于天生的聋子,色彩之于天生的瞎子,不受亦不爱,不爱亦不求,不求亦不苦,回归到最初和最终的虚无,进入无生无死的涅槃境界,"无无明,亦无无明尽,乃至无老死,亦无老死尽",同归于宇宙的"完全死亡,万劫不复"。佛的空是最透彻的,最透彻的也是最悲观的。

而佛法又超越了自身的悲观,警示人们,"诸法皆空,佛法不可得,心性不可着,一切不可得"。它自我解释说它只是一条渡河的船,当人们度过生死的劫难靠上彼岸,法终将成为无用。连修道成佛的法都将因无

用而被舍弃,更何况世间的一切空相?所以说惑与苦是人,透与空是佛,度过惑苦与虚空登上彼岸的终究还是人,所谓"苦海无边,回头是岸",所谓人人心中都有佛,佛在人间。

# 时间的牙齿

今年的钟声一定同去年一样清脆,可是当它叮当奏响的时候,我已经进入无知无觉的梦乡。不是不喜欢在《千里之外》的余音中倾听新年的第一声畅响,而是不敢在二十年以后的午夜再为时间欢呼。

曾经有人问我一个科学的也近于脑筋急转弯的问题,说人体中最坚硬的骨头是哪一块,我在几秒钟之内翻遍了全身 206 块骨头,自信地回答是牙齿,答案正确!如果再继续追问,世界上谁的牙齿最坚固,脑筋急转弯,向左转是空间,向右转是时间。

小的时候,家里有一座古老的挂钟,二十四小时不停地行走,"嘀嗒嘀嗒",大人们把它叫做"时间的脚步"。现在想起来,我宁愿把它叫做时间的牙齿,它早晚不停地磨砺,早已把我的幼年咀嚼和吞咽。挂钟已因老旧而废弃,幼年已被消化殆尽,可时间的牙齿丝毫还没有磨损。

咀嚼、吞咽、消化,所有过去的岁月年华,所有生活的情趣细节,都被秒针一口一口地吃掉。记不起当年父母都为了什么而争打不休;记不起心中最深厚的友情积累,是具体的哪些汇聚成潭的一点一滴;记不起是哪些一坎一坷的碰撞,磨蚀了对爱的完美与狂热的追求。在时间的牙齿不知疲惫的咀嚼中,所有具体细微的,有血有肉、有滋有味的东西都被吞咽和消化掉了,所剩的只有一个大致的轮廓,大概这就是时间在摄取了生命的精华之后,成长出来的一个大而及天、小而如蚁、有而如生、无而如烟的东西。

苦难是人生的财富,我体会着这句话的含义。没有人会趋之若鹜地追求这样的"财富",有或无都是命运。贫穷、争斗、疾病、破败的家庭,生出来就无可选择和逃脱;艰辛、苦难、伤害、期盼,被那样的时间咀嚼的

过程很慢很慢,把心灵嚼碎,把眼泪嚼干,把自信嚼烂,幼小的生命在痛彻骨髓的咀嚼中,趋之若鹜地朝着与之相反的方向狂奔。苦难造就反叛,而反叛所向的富裕、和平、健康、美满以及对之精心的养护,就是苦难转化而来的"财富"。无论多苦多长,时间最终把它们吞进肠胃,把它们溶合消解、排泄风干成一块无味的饼子。现在尝来,苦也不为苦,恨也不为恨,时间的牙齿噬咬了苦与乐、爱与恨的界限,留下这块坚硬黯淡的饼子成为生命抹不去的底色。

勇气、激情、梦想、追求,生命赋予每个人的都有许多,而时间的牙齿专门负责慢慢地咀嚼和消化它们。时间以一种不紧不慢、不温不火的方式,以一种永不改变的节奏和一颗永不磨损的耐心,构成对生命的似乎是无知无觉的慢性杀戮,没有人能抵得过它经久不衰的坚硬。肌肤的水分被吸吮增加了皱纹,岁月的经历被叠加增添了年轮,心灵的磨砺被反复增加了茧子的厚度,而后怯懦、麻木、现实、宿命,成为时间的牙缝里最终的存留。也曾在青春的梦想中生出过万丈豪情,时间把它的尺寸咀嚼得越来越小;也曾在无所畏惧的追求中升腾过满腔的热情,时间把它咀嚼得越来越少;爱情曾经在冰天雪地里聚拢了满世界的阳光,也没有抵得过四季不变的平庸。用现今的时间减去二十年,瞬间完成一个减法运算,在瞬间之前的那个夜晚,与同学们欢聚一堂,在音乐热烈的节奏中等待新年的钟声,不知道为什么而等待,只知道为一个"新"字而欢呼,仿佛那个"新"字会带来所有的幸福与期盼,让我们为之而通宵热舞。瞬间之后的这个夜晚,只怕时间的牙齿再嚼掉一些珍贵的东西,钻进被窝,掩耳盗铃,年龄还是被嚼掉了一岁。

时间如流水,用"流"来形容时间,它流得太轻松和仁慈;光阴似箭,用"箭"来形容时间,它透穿得太迅疾与无痕;时间是世界上最坚硬的牙齿,每个人的一生都在它的唇齿之间咀嚼而过,所有的滋味都尝过,所有的经历都咬碎,也挣脱不出时间的唇齿,时间的咀嚼是残忍的。杨献平先生也慨叹说,"世界上最可怕的是时间。"我在上半夜的梦里逃离时间的咀嚼,在下半夜的梦醒时分听见时间磨牙的声音。

　　只有美好的梦,逃出时间与身体之外,逃出空间与现实之外,在时空捕捉不到的地方微笑,小时候的梦醒了做大时候的梦,大时候的梦醒了做老时候的梦,活着时候的梦醒了做死去以后的梦,人永远不能放弃梦想,也许只有梦想是时间的牙齿咀嚼不到的东西了。

# 倒立行走

走出家门,看见平日里人们淡若清水的目光,突然注满了像太阳一般的热度,从我的下颌漫过来洒满我的脸和眼,关注的情感沉甸甸的比太阳还温暖,我得用惊人的力量才能接受那么多。他们嘴角下抿,眼角下弯,做出要哭的样子,就像对一个突然失去双脚不能正常行走的老朋友所表现出来的痛惜和关怀。这世界突然变了,变得充满亲和与悲悯,而且全世界都在微笑,连平日里紧绷着脸挤公交车的上班族也都弯着嘴角和眼角好看地笑着,早知道这样,我早该倒过来行走。

天空蔚蓝而清澈,树枝在飞,云朵在散步,楼群却像在一场混乱的战争中被打瘸了腿脚的警察,高一脚低一脚,深一脚浅一脚地满大街逡巡;路灯也非常的人性化,关注的俯视里充满率真的热情;野猫与我温柔地耳语,说从来没有一个人的耳朵离她这么亲近,说我的贴地而行的柔软蓬乱的头发与她的毛发很相似。其实我平日里就喜欢欣赏野猫,虽然它们在垃圾桶里觅食谋生,但它们从来不显得肮脏,而且经常毛发明亮,虽然它们不像家狗那样忠诚明理,但我对它们总也生不出厌恶和恨来。

你说春天花草萧条秋天万物萌生我相信,我眼前见到的是数不清的五颜六色各式各样的鞋子,它们就像随时随地都可以生根发芽的种子。秋天它们的根茎漫过落叶纷飞,冬天它们的果实印证白雪茫茫,它们无时无刻不在生长成茂密的丛林。这世界一年四季什么都不缺,什么样的花朵都在树林里开,什么样的果实都在树林里结,什么样的鸟儿都在树林里飞,什么样的腐朽和神奇都在树林里藏。我的眼睛贴在丛林的根部,我看见树叶发黑,花朵暗淡,石头却很明亮;我的嘴唇挨着土地,

饿了就啃泥土,我看不见丛林的面庞和表情,距离林梢的心思更远,我因此排除了许多喜忧的无常,我行走的姿态很低很知足。

我看见鸟儿在海里游,鱼儿在天上飞,花朵、小苗、草叶,所有美丽的东西都朝我相反的方向追,落叶、苹果、谷粒,所有成熟的东西都顺着地球的引力朝我脸上落。我听见血液倒流,心脏跳动得另样欢快,我感到呼吸沉重得挤压着头颅,腿脚却轻盈得失去重量。

我的脚现在轻盈而干净,这样的状态才配得上修饰成金包玉裹的三寸金莲,更配得穿上灰姑娘的水晶鞋。也许古代的那些忍痛缠足的大家闺秀和终于成为美丽公主的灰姑娘一定谙熟倒立行走,否则丑陋不能成为美丽,低贱不能成为高贵。

这世界其实并不奇妙,奇妙的是人。世界很高大是因为你趴在地上,世界很渺小因为你站在山顶;世界太繁杂因为你醒着,世界太单纯因为你睡着;世界很庸常星星月亮一直沿袭着既定的轨道,是因为你直立行走;世界很荒诞却格外耳目一新,因为你把自己倒了过来。

倒过来就荒诞得用头走路,用脚思想,太阳在脚下,树根在头顶,山鹰在攀爬,野兔在飞行;如果想飞,只有想象着把脚变为翅膀;倒过来事物都重新置换了兴奋点,惊奇于树叶朝着阳光的那一面发干发暗,而背着阳光的这一面却滋润繁茂;惊奇于笑的在哭,哭的在笑,思考的都睡了,睡觉的在思考。连听觉也焕然一新,原听说一个六十岁的老人倒立行走,人们说他能健康长寿,而一个二八的少女倒立行走,人们却说窥见了她的私处。现在我耳朵贴着地皮,人声越来越缥缈,地鼠掘地的声音却越来越浑厚。

倒过来就看不见事物的影子。影子有时候挺吓人的,尤其是在月光蒙眬的夜晚一个人走夜路,树的影子,墙的影子,陌生人的影子,还有自己的影子,忽大忽小忽长忽短忽远忽近,让我们不禁怀疑有鬼随行,而倒过来,一路无惧,只有月光白得率直,事物黑得实在。

倒过来岁月就失去了直面的虚无和恐怖,就越看越新鲜,看见新鲜如婴的自己站在岁月的开头,随时可以呼之即来,大概传说中的时光隧

道就是倒着行走和倒着做梦才能进入的；倒过来一路走过的都是新鲜的爱，许许多多的过失都类似优点；倒过来黄河的源头清澈,历史的源头简单。

我倒立行走,血液和气流灌注头顶加速循环,分散的思维也在身体以及血液和气流的压力下集中于头顶一个点,这有利于白发变黑和快速进入深沉的睡眠。

医学专家说,闭目倒立五分钟相当于平躺睡眠两小时；精神专家说,倒立行走半个时辰相当于直立行走半辈子。

# 千古一笑

  自古以来，人类从娘胎诞生，来到世界的第一个声音就是哭，许多人认为这是人生苦难的象征，人来到世界的第一声啼哭就注定了人生的痛苦，好像人一生下来就注定了悲剧的命运似的。

  我一直在好奇人为什么一出生就大哭。大凡人哭，一般是因为悲伤、难过或痛苦，这些是每个人在成长过程中都会经历的。可是对于一个刚出生的婴儿来说，肯定还没有过那些体验。那么怎么能把那一声大哭理解为成人意念中的哭呢？怎么能因此就预示到人生就是苦难的呢？

  我不知自己出生时的第一声啼哭是什么样子，可我的孩子出生的时候，当我听到她那一声惊天动地的啼哭，那让我的心灵产生无比震撼的声音绝不是哭，那简直就是最畅快的笑，是来自生命的最原始的召唤，是人来到世界的第一声强有力的宣言，是给父母、给世界唱出来的第一首最美妙动听的歌。

  人从出生到生命结束，最多不过百年。相对于无限的时间，它短暂如白驹过隙；相对于无边的宇宙，它渺小如一粒微尘；可相对于人自身的人生和思想感情来说，它历经无数的喜怒哀乐，历经数不清的曲曲折折，每一点的经历，都像一枚小小的印章一样，不停地印证着人的生命，直到使人原本光滑如镜的心灵戳满了凹凸不平的印记，使人的肉体堆满了岁月的褶皱，这是一个多么漫长的历程。就这一生来说，不管它有多么的漫长，从第一声啼哭宣告自己来到世界以后，还会有过第二次如此畅快淋漓的声音吗？

  在以后的日子里，饿了哭，渴了哭，痛了哭，害怕了哭，需求没有满足都要哭，可我们再也不能从那些哭声中听到笑意；再大一些，受了委

屈哭，挨了打哭，摔跤跌倒了也哭，我们再也不能把那些哭说成是笑；长大成人后，受了挫折哭，受了伤害哭，所有令人伤心痛苦的事情都会让人掉下泪来，可在所有的眼泪中，也只有一种是可以把它叫做笑的，那就是"喜极而泣"了，可那种"喜极而泣"的声音，也决不可能再像刚出生时的第一声啼哭那么响亮和酣畅。

人的一生只有出生时的第一声啼哭才可以叫做笑，才可以叫做真正的笑。人以这一声大笑来到世界，向世界宣告的应该是生命的乐观和顽强。

人类从远古走到今天，他曾经无衣可以蔽体，无食可以果腹，无火可以取暖，无房可以藏身，曾经饱受饥荒和天灾人祸，可如今他穿的是绫罗绸缎，吃的是人间百味，住的是高楼大厦，他已是地球上最大的贵族。他创造和拥有了舒适和财富，还在不断创造和追求着不只是物质上的，还有精神上的理想。地球上没有任何一种动物能够有人类这样的智慧和创造力。而地球上每天都会有无数婴儿以一声啼哭来到这个世界，那就标志着人类的顽强和乐观在生生不息地繁衍。一个人的一生一定会苦过无数次，哭过无数回，但都扼杀不了人生活和创造的勇气，阻挡不住生活的快乐和精彩，所以人就创造了这样的语言："车到山前必有路，船到桥头自然直"，"山重水复疑无路，柳暗花明又一村"，人们坚信这样的真理，所以用笑容面对世界。

《大宅门》中的主人公白景琦是大笑着来到世界的，大家都以为传奇，我以为那才是对人刚出生时的一声啼哭的最好诠释。他曾经被赶出家门而一无所有，对着滔滔的黄河水大喊："我来了！"他来了，就发明了新药方，创造了巨大的财富，创造了由沿街卖艺的游医成为济南府首屈一指的"四爷"的奇迹；他曾经在日本人的淫威下威武不屈，在壮年时期就具有身殉民族气节，立下了家人永世不得背叛家族和祖国的遗嘱。他是一个小人物，但他的一生波澜壮阔而又生动灿烂。小说以他笑着出生开头，铺就了主人公顽强不屈和乐观的一生。我却以为这应该是每个人一生的铺垫，只有不理解自己是笑着来到世界的人，才会把自己泡在苦

闷和颓废中不能自拔。

　　人总是要跌倒了爬起来,哭过了笑起来,失败了从头再来。还没有什么艰难困苦能够把人的生命打败, 就像没有什么乌云能遮住太阳一样,因为人是笑着来到世界的。因为这一声笑,人类在不断地战胜自我超越自我;因为这一声笑,人才能够甩干所有的眼泪,跨越所有的苦难;因为人是笑着来到世界的,所以世界上的笑声才多于哭声。

　　人类生命的顽强不息,来自这一笑;人类的生衍繁荣,也来自这一笑。即使时光逝去,即使地壳变迁,在无限的时空中,在无垠的宇宙中,也永远回荡着人类的笑声。

# 女人的孤独

都说女人是水做的,可谁能听得懂小河流水的淙淙细语?谁能了解小溪不停地奔流着要流向哪里?水有山才会流出美丽的风景,水有海才会有理想的归宿,可有几个男人真正的如山似海,有着山一样坚定深沉的爱恋和生生不息的奉献,有着海一样浩瀚雄壮的气魄和宽广博大的情怀?有多少明净欢快的水流入沼泽而成为一摊死水,有多少水在流淌的路途中因找不到伙伴而干涸,又有多少水被浊流污染而变得浑浊不堪?水对山说:只要你有高崖我就为你悬挂瀑布,只要你有幽谷我就为你储蓄清湖,只要你有曲径回廊我就为你流出水廓山乡,流出四季芬芳,流出柔情蜜意,流出山高水长。可古往今来有几曲高山流水的绝唱?有多少女人实现了少女时代的梦想,有几个女人的柔情不曾受伤?

女人并不都是快乐的,她这一生都像水一样地流着,她一定要经过无数的沟沟坎坎、清浊缓急和苦乐安危,有许多的无可奈何。可水做的女人有着天生的对生活的审美、乐观和斩不断的韧性,她们一路奔流一路美丽着,不论如何都忘不了一路欢歌;她们一路歌唱着,悄悄地传告着快乐的秘方:"你知道怎样才能快乐吗?那就一定要不断地降低对生活和对男人的期望值,你就不会因为失望而痛苦,你就会快乐了!"她们产生了强烈的共鸣,如获至宝,如真理在握。多么聪明的女人,可又是多么无奈的快乐秘方。

都说女人是花,爱是水,没有水的浇灌花儿就会枯萎。女人的弱点就在于她最容易成为感情的奴隶,甚至成为爱的殉道者。为了爱,她会无私地奉献所有的精力和青春年华。在爱的奉献上,男人很少会像女人那样无私。有几个男人没有野心?有几个男人没有喜新厌旧的天性?有

谁会爱我们就像我们爱他一样，有谁爱我们就像爱他自己？所以女人要学会多一点地爱自己，把自己的一颗容易受伤的心和一片真挚纯洁的情小心翼翼地包藏起来，该放的时候才放，该收的时候就收。大丈夫能屈能伸，小女人也要能放能收。

作为女人，总是要品尝到许多的孤独，这孤独不只来自于社会、来自于男人，也来自于女人自己。男人以他的强大来征服女人，男人不喜欢比自己强大的女人，他要女人比他们柔弱并顺从于他才能满足他们的骄傲与自尊。而女人自己，也不会爱上那种无力于征服她们的男人，她要男人比她们聪明比她们强大，她要在男人那里找到爱、安全和荣耀，于是就有了这么一句话："男人通过征服世界而征服女人，女人通过征服男人而征服世界。"乍一看女人真的很聪明，征服男人比征服世界容易多了。可实际上，男人征服了世界，当他失去一个女人的时候，他的世界里还有许多其他的女人；可女人征服了男人，如果她失去了这个男人也就失去了整个的世界！女人找到一个优秀而强大的男人作为依靠，却不知：他是坚定可靠的山，如果他来爱你并保护你；他是无情的致命的利剑，如果他来伤害你。所以，如果女人不懂得自爱、自立和自强，如果女人不知道拥有自己的一片天空和世界，那么她就有可能不得不品尝失去爱甚至失去一切的孤独与痛苦。

几乎没有男人真正地喜欢优越于自己的女人而甘居女人之下。女作家毕淑敏说："当你不如一个男人的时候，他会宽宏大量地帮助你；当你超过一个男人的时候，他会格外认真地对抗你。"所以作为女人，如果你很平庸又拥有一个同样平庸而又忠诚的丈夫，那就是女人的福气了；可如果你生来聪慧而又出类拔萃，如果你天生丽质难以自弃，那你就有可能总是孤立的，更是孤独的。你不只会遭到同性的而且还有异性的嫉妒和对抗，你也很难遇上真正让你崇拜的并且还真爱你的男人。华夏大地几千年的风云变幻，改朝换代，才出了一个女皇武则天，可是在她作为一个女人的情感世界中，孤独得就像冰山上的雪莲；中国五千年的文化史，历经了唐诗宋词元曲的繁荣，也只有一个不让须眉的李清照，可

她却是过早地痛失爱侣,颠沛流离,承受着"环顾女界无同类,再看左右无相知"的千年孤独。

在当今这个时代,女人拥有了同男人一样广阔的发展空间,也承受着与男人一样的工作和社会压力,但这同时也给女人提供了发挥和施展才能的机遇。于是就涌现出了许多真正优秀的女性人才,这个优秀的女人的群体是时代的幸运儿。可是,由于传统的观念和习俗的制约,她们要找到一个比自己更优秀的男人作为人生的伴侣,她们不甘心依附在一个比自己愚蠢的、无力的男人的肩头。可真正优秀的男人却凤毛麟角,即使有,他们也更愿去找一个傻傻的、小鸟依人的女人相伴,他们更需要实现男人的优越感。那么优秀的女人就更加难以逃脱孤独。

于是聪明的女人就会闭上眼睛,用第六感觉摸到一个善良的、真心爱自己的、把自己奉为公主的男人。于是,她就可以撒娇任性做女人了。女人做了男人的妻子,她从没想过会从公主的宝座上摔下来,可她还是摔了下来,虽然做过苦苦的挣扎,她还是从天上掉到了地下。男人要的是老婆而非公主。于是男人并没有成为女人理想中的白马王子,可女人却成了男人希望的布衣女人。那么女人的娇气、浪漫与梦想呢?与相夫教子相比,就必须退避三舍,还有繁忙的工作与家务的无尽操劳。如果生活留给她一点点的空隙,她也在这少得可怜的空隙中努力地追求着,可是她的努力丝毫也不潇洒——真正理解、鼓励与帮助她的人有谁?

女人的孤独只是因为她不愿放弃那份完美的理想,因为她不爱则已,一爱就投入了全部所有;女人,只要她不想成为一潭死水或浑水,只要她还固守着一份清澈与纯真,只要她还坚持着那份执著的追求和理想,那么她就总是难免那份无助的孤独,没有什么能帮助她,包括爱,于是她彻底孤独。

# 心　语

　　人可以逃出任何地方，唯一逃不出去的是自己的心；人有许多的道义不可以背叛，但往往背叛了自己的心；人以为什么都可以了解，唯一不了解的还是自己的心。

　　当心死了，活的意义也就不存在了。当我意识到人生的短暂，我就决定为自己的心意活着。我想好好地宠爱自己的心，让它活在爱里，因为我早就发现我是为爱而生的。没有人甘心只做活着的工具，像钢铁，像金钱和高高的墙壁，那使人僵硬，而爱使人柔软，使人活得更像人。

　　那就去爱吧。爱多少事物都可以，爱高山平地大海草原，爱小桥流水戈壁荒滩，爱春夏秋冬日月星辰，爱琴棋书画鸟啼凤鸣，爱到彻底孤独，只有人说你高雅没有人说你荒淫。而人必须要爱人，爱物使人孤独，而爱人正是为了解除这种孤独，所谓高山流水千古知音唯有一人。那就爱人吧，爱那些能让我产生爱意并爱意相通的人，高的矮的胖的瘦的俊的丑的男的女的。爱女人可以，因为我不是同性恋（同性恋在某些国度也受法律保护），爱男人不可以，因为我已经属于一个男人（婚外恋在任何地方都受唾弃却又屡见不鲜）。可恰恰，能让我产生爱意的大多是男人，正如让男人产生爱意的大多是女人。

　　我本来想用爱给我的心以最大的宠养，可是心有时并不领情，它会时常对我举起一根长长的鞭子狠狠地抽打在我的身上，告诫我爱什么都可以就是不可以再去爱别的男人。可它又背叛我去爱上别的男人，虽然它会无情地鞭笞我的迷乱，它还是会在庸常的生活中想第二个男人脱俗的诗意，在午夜梦回时听见第三个男人忧伤的琴声，在悲观颓废时想与第四个男人热情洋溢地跳舞，在春回大地时想与第五个男人浪

漫出游,在孤陋寡闻时想聆听第六个男人的丰富,在遭遇粗鲁时想第七个男人的温柔,在孤独无助时想第八个男人的力量,在贫困拮据时想第九个男人的富有……只有在饿了、困了、疲累的时候才想与第一个男人相守。如此,当我勇敢彻底地撕下心的面纱,那根冷酷的鞭子在高高举起的瞬间无力地滑落,使一生只爱一个人的忠贞成为虚幻的纱影。

"多么想爱一个人一辈子啊,一辈子怎么爱也爱不完该多好",这是女人为爱的忠贞发出的最后一声呼吁流下的最后一滴眼泪,泪干后只剩下白色泪痕般的一抹嘲讽。多么幸福的男人,每个女人都渴望为你而忠贞;多么不幸的男人,每一片忠贞都会散落成一地泪痕。而真正有幸的,是这个世界本来就没有绝对的幸福和绝对的不幸,就像这个城市的天空,从来就没有绝对的蓝和绝对的黑,而是把各种强烈的色彩做了恰到好处的混合与调和的雅致的灰。星座学里说,灰色是最适合我这个星座的颜色,因为它最能托衬出这个星座的恬静和高雅。

一切都是公平的和恰到好处的,女人放弃忠贞得到一个更加丰富多彩的世界,这个世界是真实的,不再是寻寻觅觅凄凄惨惨悲悲切切的唯美的噩梦。男人失去忠贞得到比生命和爱情更加可贵的自由,你不必为了一个女人而集才华浪漫温柔力量富有等等优秀的品质于一身,卸下你完美的重负玩去吧,那是放弃完美与忠贞的女人给你的潇洒;放下你的自私和独霸的欲望玩去吧,否则,你就付出千辛万苦充实自己的完美,击败每一个优秀的个体成为独霸女人忠贞之心的王者。

其实,遭世人唾骂的不是爱而是不忠和淫乱。人,因爱而滋生性也因性而滋生爱,也即是说,爱离不开性性离不开爱,性爱原本就是孪生。由此推出,爱得越多就会越加荒淫。是的,除却以做鸡做鸭为谋生手段的群体,每一个丰富多彩的男人都不会只有一个女人,每一个丰富多彩的女人也不会只有一个男人,因为他们具备了更多更丰富的品质,容易需求更多的爱也容易得到更多的爱,这似乎是给淫乱找了一个美丽的借口。否定这个借口,送一个流氓的绰号给他们,即使这样,从古至今,唾骂的海洋也从来没有淹没过荒淫的群体。唾骂者无从知晓,荒淫者其

实也是孤独者,最大的荒淫者也许只是最大的孤独者,就像清澈欢快的溪流无从理解杂乱混浊的大海,你端坐在自己的窝巢里,削减自己的欲望,封锁自己心的羽翼,填满自己割定出来的每一个心之角落,成为忠贞不渝的圣人,飞升在这个世界德高望重的云顶,嘲笑和唾骂那群东奔西突的永不知足的荒淫者。或者,你只是一头猪,单纯而幸福地吃了睡睡了吃,你看着天空中的飞鸟唧唧喳喳不停地奋飞、不停地求爱交欢而发出震天的呼噜声,而那群荒淫者却顾不上看你一眼或听你一声,他们奔着寻着忙着乱着成为嘹亮的歌者或狂野的舞者,成为他们自己喜欢成为的样子,像"三皇五帝",像歌德、杜拉斯。现实的确如此,存在即合理,所以,卷起你不知疲惫的谩骂的舌头,坚持你的"正确"自我,容许别人的"错误"自我,"每个人都坚持自我,并且尊重他人,相安无事,世界太平"。

　　想到这许多的时候,心其实是累的,它并不想做一个圣人或荒淫者,它其实只想成为一头猪,偏偏是容易失眠的神经告诉它,它根本不具备猪的品质。那么,想就想了,爱就爱了,妄图欺骗自己,却不能逃出自己的内心。

# 美丽是女人的翅膀

美丽是一种意识，每一个具有美丽意识并善于经营美丽的女人都有一双翅膀。

在大街上行走,她能感受到身边和周围的美。她可能貌不出众,可是大街是干净宽敞的,阳光是和煦明媚的,天空蔚蓝且宽广,她喜爱着这样一些美丽的事物,所以她的感觉以及她给别人的感觉都是美丽的。街上的人们在她看来和乐融融,她喜欢看人们脸上的笑容,喜欢看满大街飘舞着的各色各样款式漂亮的服装,也喜欢多看几眼在眼前飘过的帅哥和美女,这些喜爱的观望都会使她的感觉美丽如飞;如果遇见愁容满面的乞丐,她会满怀恻隐地往他破旧的茶缸里扔一枚硬币,听着一声清脆的响声,接受他的欣喜和感激,她满意而轻盈地往前走,就像一只飘飞着的美丽蝴蝶。

在与人们的相处之中,她能够营造自己的美丽,这与相貌无关。她喜欢把工作做得有声有色,却不喜欢致力于争功夺利;她喜欢哼着小曲做事情,不喜欢发泄牢骚与抱怨;她喜欢受到别人的喜欢和尊重,所以不喜欢做一些影响和伤害人际关系的事情,她知道怎样做才是恰到好处。她喜欢一些小情趣,喜欢笑,那些如阳光一样温暖人心的微笑,会使她周围的人感受到一种快乐与和平。当她的工作与事业顺利通畅,她周围的人都喜欢她,她的感觉是美丽的,她的心里装着一个飞翔的天使。

所有的女人都喜欢对着镜子流连,她也许会很不满意或挑剔自己相貌上的缺点,但一定能找到让自己自信的优点。比如嫌自己的眼睛小,但觉得眼神还是很精神的;嫌自己的脸形胖,但觉得皮肤还是很亮

丽迷人的；嫌自己的身材矮，但穿上精挑细选来的高跟鞋还是很挺拔的。这样对着镜子总会找到美丽的自信，所以当她离开镜子走出家门走到人群之中，她是有力量让脚步轻盈起来的。顾影自怜的自信是让女人美丽的翅膀飘飞起来的动力。

所有的女人都喜欢逛街购物，除了油盐酱醋等生活必需品，她会像孩子一样突然喜欢上一个毫无用处的玩具小熊，走出付款台，满怀爱意地把它抱在怀里，心情就插上了可爱的翅膀。她喜欢各式各样漂亮的衣裳，一年的四个季节，新潮服装店里不停地穿梭着女人逐美的身影，她们不停地为自己的美丽挑选漂亮的衣裳，这样的挑选一辈子都不会厌倦，因为爱美是女人永不磨灭的天性，而漂亮的衣裳也是女人美丽的翅膀。

所有的女人都喜欢一种小资般的浪漫。有时情人送的一朵鲜花，递上来的一个轻吻都要比送她一个皇位更加重要；一点休闲，一杯淡茶，有人陪伴的一次漫步，实在无事可做时，陪着韩剧掉眼泪，听一首散漫的乐曲，要么缠着男人陪着她去逛街，不遂心意时无事生非的一次赌气，所有的男人都会说，女人太麻烦，太琐碎，太小气。可是如果世界上没有了这些有血有肉、最能体现具体生活内容的女人，男人该如何去感知生活的温度与热情。聪明的男人会把对女人的怨怒变为爱怜的嗔怪。

所有的女人都喜欢男人的追慕，这与她的相貌无关，与水性杨花也无关。她只知道喜欢看她的男人越多，她美丽的感觉就会越好，她在人群里就会越加自信和骄傲。如果一个女人丑陋到没有男人喜欢看一眼的时候，那她就只能靠理性行走了，把飞翔变成没有乐感的行走不是女人的幸福。所有的男人都喜欢看美女，这不是男人的罪过，反倒是女人的骄傲，男人的目光是鼓动女人美丽的翅膀飞翔的空气，可女人飞翔的时候，目光却是看着天空而不是看着男人的。

所有的女人都不能没有爱。她也许有许多的追慕者，可在同一时间里她只会爱上和接受一个爱她的男人，等到她托付了自己的身体，也就

是托付了自己的爱和灵魂，她会像爱自己的身体和生命一样爱着和她息息相关的男人。只要男人不让她失望并且不辜负她，她的爱就会持续一生，她的生命就会因为爱的滋润而生机勃勃。如果女人失去了她的所爱或者被爱抛弃，就会像遭到石击的鸟儿一样跌落谷底，不死也受重伤，她舔着自己受伤的羽毛，却难以飞翔。只有爱才能使女人美丽的翅膀愈加丰满且具有生命力，爱是这双翅膀能够满世界飞翔的灵魂。

美丽的翅膀需要许多美好的事物托着她飞翔，不仅是爱、善良、乐观与自信，还有智慧与坚韧。

女人的美丽是与男人争得一起平等生存于世界的武器，这件武器是温暖而柔软的，女人恰到好处地应用自己的柔软与男人周旋，给男人以愉悦和幸福，却有着让男人触摸不到的距离与深度；给男人以广大的世界，却占据着那个世界里不可或缺的爱与温柔；给男人以广大的用武之地，却不让男人的武器对准自己。

美丽是女人的武器，可女人绝不能做的，是把这种武器变为利器，在男人面前把自己的柔软变为利器，遍体鳞伤的只能是自己；也不能让自己的美丽软弱地屈膝于男人的欲望之中，男人不欣赏那样的美丽。

如果女人爱上了中意的男人，最好用飞翔与旋转的智慧让男人先说"我爱你"，让男人实现那种爱与征服的快乐和满足，他才会真正地爱上给他以满足的女人。如果女人一定要表现出比男人更勇敢和坚定，跑去对他说"我爱你"，首先男人感到的是突兀还会有一点恐惧，他首先会本能地与女人保持距离。如果女人怕失去男人的爱而一定要表现出比他更优秀，那么女人的优秀大多会把男人吓跑。相反，女人的内涵、矜持与内敛却更能吸引她所爱的男人。

不管女人如何的优秀与坚强，也一定要像女人一样天真而快乐地依赖她爱的人，还可以像唠叨而宽容的母亲，像任性的坏孩子，像狡猾的美女蛇，像妖媚的银狐狸，就是不能像冰冷坚硬的石头或是锋利的刀和戟，这好像是大自然给男女的幸福约定的法则。

女人，是否能够自由飞翔，只看她是否珍惜自己美丽的翅膀。曾经，

一个美丽的女人对我讲,她参加一个宴会,当酒桌上的男人盛赞她的美丽,她感觉到自己是飞翔着的;当酒桌上的男人为她喝醉,她感觉到美丽的力量是强大的;当酒桌上的男人允诺给她以升迁,她看见了诱她坠落的陷阱,那个酒醉的男人在陷阱的下面朝她招手,她忽然意识到,那个男人准备在井里折断她的翅膀。

她可以一无所有,但不可以失去美丽;她可以不升迁,但不可以没有翅膀。这个美丽的女人,她选择飞翔。

# 男和女,彼此的容器

男和女,彼此的爱能够走多久,取决于彼此能够承载对方有多久;彼此的爱能够有多深,取决于彼此能够装容对方有多少;爱的味道有多浓,取决于彼此的相容有多少新的物理或化学反应的生成。

## 一、我装容你

作为女人,我只是一件不明容量的容器,也不明它的形状,也不明它的质地,我只用它来装载你。

我装载你平凡的外表,连同你同样平凡的内在,因为绝大多数的人都是如此的平凡。我不必一定要自信自己的容器可以装容蓝天,于是就一定要你如搏击长空的雄鹰。虽然每个男人都希望自己能够像雄鹰一样飞翔,每个女人都喜欢如雄鹰一样的男人,可是我更相信你的平凡,免得你终有一天飞出我的视线,给我的自信以毁灭性的打击;或者某一天你忽然尘埃落地,如人一样地踽踽行走,让我的梦想失落成一摊软泥。我只装载你的平凡,平凡得如同一块没有光泽的石头,却能够让我的容器充实鼓胀,表里如一。

我装载你的粗粝,粗粝是你与生俱来的状态,就如山间百石的嶙峋与峰峦的参差,那是男人的原生态。装容你,就要装下你的上下冲突与跌宕起伏,思维和视野就要跟得上你陌生的旋律,还要经受粗粝的打磨和无意的伤害。若是拒绝装容你,我的容器就只能是一个空空的行囊。所以以你的进入来扩大自己的容量,打磨自己的厚度与坚强。我无意削减你的坚硬,改变你的形状,装载你就要包容并保护你,让你的峰峦保

持原生态的美,这样,我的行囊才会因为你的美丽而美丽,直到你懂得以什么样的状态才能同样不戳伤我并保护我,就会构成男和女相互关爱的云绕山峦的风景。

我装容你的个性,那是能够伸出我的容器之外而盛开的花朵,没有它,我只是一个没有植物的花坛。装容你的个性,不管我的容器有多么的柔软销魂或者逞强霸道,别忘了扎实你的根基,伸展你的枝杈,盛开你的花朵,因为那是我喜欢装容你的一个坚强的理由,没有这个理由,我的容器将没有生的气息,将单调乏味得难以存在。

我装容你的弱点,需要用许久的时间,在欣赏和享受你灿烂阳光的同时,发现你投下的同样巨大的阴影。而且我又发现,如果我因为嫌弃你的阴影而摒弃你,就无异于因噎废食。于是我看着你在外边还依旧阳光灿烂,在我这里就显现出阴影重重,于是我就成了这个世界上最了解你的弱点的人。有谁能够毫无保留地在我的面前展露自己的弱点,这应该是你对我唯一的信任。没有弱点的人叫"圣人"而不叫人,所以我装容你的弱点,我的容器才有了真实的立体感。

我装容你所有的而我不具有的东西,那些东西能够时常满足我的好奇心。喜欢看着一个与我完全相悖的个体,不停地从生命中掏出一些奇形怪状的让我难以理解的东西,却好像这些东西有着促进新鲜血液生成的功能。奇怪于我叫你朝东你偏朝西,叫你向南你偏向北,不知道你那个方向到底有什么让你一定要冒着违背和激怒我的危险而奔往的理由,然后你还喜欢在那边召唤,让我从东跑到西,累是累了,可是我经历的路途因此而加长,你的相背让我的容器变得生动而丰富。

我甚至装容你的失败,因为没有一个男人会永远立于不败之地,而且无所作为谈不到失败,墨守成规也谈不到失败,有失败就说明你还在做着事情,还在有所追求,我就宁愿装容失败,装容的失败越多,成功之母就越多,我的容器就总是有希望的。

我装容你这么多好的和坏的东西,可是如此的装容却有一个唯一的条件,那就是你必须做一件事情作为回报——向我的容器里投进你

全部的爱。我能装容你所有的弱点，但唯有一样不能装容，那就是怯懦，你敢于把全部的爱投进来，敢于把一生最珍贵的东西投进一个不明的容器，这就是最值得我赞美的勇气。

可是有一点请你放心，你的爱只是寄存，你可以在你需要的任何时候拿走，连同你存在时所装容下的一切，我都会倾囊还给你，可如果你拿不动，请改变你的存期为一生。

## 二、你装容我

你是男人，可你的容器并不一定比女人的质地更好、容量更大。

你须得装容我。装容女人的美丽是男人的心愿，可是你必须愿意装容我蓬头垢面的样子。在外面我须得注意自己的形象，决不能弄得满脸污垢、露出邋遢相，必要时还得进行麻烦的化妆。可是，如果你能够看着我随意地蓬头垢面还对我宠爱如初，你看我的邋遢相也如同看我可爱的妆容，你的容器里就有足够的爱给我，就给了我一个让我不愿离开的家。

你须得装容我的眼泪，不管我的眼泪来自哪里，也不管它朝着哪个方向流淌，都得有足够的涵养容它尽情地流，并且能够把所有的泪水兜进自己的衣襟，不怕打湿了挺拔体面的衣裳，这样，你就是一个值得我信赖的容器，我往里投注的除了眼泪更有欢乐，让你觉得装容我赚得的比损失的要多得多。

你须得装容我的小气，我剥夺你嘴边的橘子你要再给我一个大的，我要小心眼撒娇装病你就下厨房给我做饭端到我的面前，我跟你耍脾气赌气你能用一种智慧把我逗笑，我窥视你的钱包你就把它都掏空了给我。于是，我会私下里给你积攒一大堆的橘子、一钱柜的票子和一腔的爱，在你需要的时候一股脑地倒给你，你装容我的小气是给自己攒下一大笔的财富，你的容器从此变得富有。

你须得装容下我的任性，我骂得你狗血喷头你还能保持沉默，我掐得你鲜血淋漓你还能把我拽进怀里，我跳进海里淹了你能把我给捞上

来，我把天捅个窟窿你能把它给补上，我的任性在你面前就像孙猴子跳不出如来佛的掌心，那你在女人的眼里就是天大的容器。

你须得装容下我的软弱，这对于虚荣的大男子主义来说并不难，男人又不需要女人来打拼世界。可是你更得能够装容下我的优点，如果我的优点发展光大，它的光辉超过了你，你还能够转到我的背后，支撑起我背面的软弱。没有人比你更了解我的弱点和需求，只为这一点，你就能拥有我的光辉，你的容器就配得上美丽的光环。

其实，我的爱在你容器里的存储是真正的不定期。孔子说"唯小人与女子难养也"，一方面说明孔子洞察力的伟大，另一方面说明孔子肯定不具备一个真正男人的容器。不具备的，对女人避之而唯恐不及；具备的，才能够享得到水之柔、地之博、月之美，美丽的女人是好男人成就的。

# 这样的男人也很酷

对于男人来说，"成功"是他实现人生价值的最重要的标志。在当今，"成功"这个概念好像就意味着成名成星，腰缠百万或是高官厚禄，男人们在这条追求成功的道路上奔波得好辛苦。

已经取得成功的，便得一时的满足，却难得休歇地追慕着他山的春光；还没有成功的，往往日思夜想寝食难安，心甘情愿地承受着日下的煎熬，以期图着未来的美好。

倒是有这么一种男人，他少有远大的理想，只立足于自己的一片土地而生存，很少高瞻远瞩或顾左右而思他；他做事情大多是出于自己的喜好，难得去做违背自己快乐原则的事情。

他会不遗余力地筑垒自己的生存底线，为此可以付出千辛万苦。可吃苦受累不是他的人生原则，当他取得了生存的保障，就像有了粮草的马儿一样，贪得无厌不是他的本性，轻松快乐与自由倒是他的生存状态，奔跑到哪里就全看自己的意愿了。

他会死心塌地爱上一位姑娘，轰轰烈烈地把她追到自己的身边，让她成为自己幸福快乐的妻子，到此人生大事完成矣，从此对世上其他花花绿绿的女子怠于旁顾，以为照顾好一个美女就不容易了，照顾多了会太累，然后去追求他的下一个人生目标。

他所追求的目标不会很远，可能要去追求金钱，也想过有一天能成为百万富翁，但是在追求金钱的路途中遭遇困难和阻力的时候，他不会辗转反侧夜不能寐，搞得自己疲惫不堪，拿自己的身心健康去撞一堵硬墙；他也不屑于在谋取不利的时候不择手段、唯利是图或是坑蒙拐骗，所以最终他也很难成为百万富翁。可是他并不会因此而颓丧或跟自己

过不去，却很会为自己的失利找到下台阶的理由，说自己心底无私，天地宽敞。

也许下一个目标是进取仕途，他会把所有的热情投注于工作和与上下级的关系，他的能力和魄力在他倾注热情的时候发挥得淋漓尽致，他会取得很大的效益，受到许多的赞美和表彰，朋友们都说某某领导的位子非他莫属，只要登一次上司的家门就成了。可是当老母把茅台和五粮液、泰山和中华都打包准备好的时候，他却说好酒好烟留着自己享受，用它们来买官没意思，于是他还是平民百姓一个，可是他仍然吃得好睡得香，心安理得，自得其乐。

他做事只管凭自己的喜好和热情做着，时常做得热火朝天，专心致志，可他没有对所做的事情的结果考虑胜负成败的习惯，因此他做事没有犹疑，因此他能把全副的精力与热情投注而不会怨尤。你欣赏他做事便是一种享受，你会从中受到纯粹的感染和鼓舞。可是不久，让你遗憾的感觉来了，他做事受到了阻力或挫折，他不会等着你去安慰或激励，他一个好觉醒来就会把艰难轻松地放弃，而且会找到一个说服自己放弃的理由，然后又去准备着做别的事情去了。而让他做的另一件事情也同样会让你欣喜，可别指望会有一个辉煌的结果，结果在他心里仿佛并不重要，他的乐趣只在于做事的兴趣和热情。

于是他便一事无成，他仍然还在准备着做下一件事情，下一件事情是使他人生快乐、自信的永远的理想。而世上的下一件事是无尽的，所以他的希望与快乐也是无尽的。

当他的人生处于低谷的时候，你不会见到他郁闷或低颓，他仍然有吃有喝、有说有笑，睡眠还是格外的香，可你不要以为他是真的睡着了，他会在机会到来的时候猛地一跃而起，决不会让机会轻轻溜掉。因此他的人生也不会一败涂地。

他是热诚和善良的，你可以放心地依赖他；他是正直和骄傲的，你会喜欢和尊重他；他不会花言巧语，但他的生动与幽默足以让你感动；他因为没有太多的强求和金钱地位的负累而活得无拘无束，活得本色，

他的快乐会让你艳羡不已。

他做不来美妙诗文,可他本身就是一首纯真明快的诗;他也许不懂得什么"之乎者也",但"大智若愚,大勇若怯"这样的词来形容他很合适;他肯定不是什么风流倜傥的才子佳人,但坐怀不乱是他这样的男人能做到的。他肯定发不了大财、当不成大官,但他喝上一瓶金六福就会"皇帝来了不下马";他不会成为万人簇拥的名人学者或影帝歌星,可他周围的朋友如果少了他就一定会千呼万唤,即使在被窝里也要把他拉出去一起乐一把。

呵呵,这样的男人也很酷。

# 午夜的阳光

　　海水漆黑如墨,这个夜晚没有月光,就连星星也在午夜浓浓的夜色和大海连天的黑暗中失去了光亮, 也许只有无数的鬼魅在黑色的海水里张牙舞爪,可这一切对平日里胆小如鼠的纹都失去了恐吓的功用。她已经失去了所有的意识, 头脑里只有那个背叛了她并且把粗大的手掌重重地打在她脸上的那个男人。

　　那是她把他当做自己的生命和全部所有的男人。绝望的巨大悲痛淹没了她所有的理智,在漆黑的午夜疯了一样狂奔到黑色的海边,没有人发觉,更不会有人关怀和劝解,那个男人已经拎着微红的手掌到他的新欢那里投怀送抱去了。

　　一个男人的背叛和伤害真的会让一个女人去投海自尽吗?纹当时就像失控的箭一样奔向了大海, 那个男人的一记重重的耳光打晕了她所有的意识和理智,那个时候,就是迎面扑过来一个恶鬼都不会让纹觉得比那个男人更加可怕,也不会比她的伤心欲绝更加可怕,她会跟了那个厉鬼让它掏去心肺都不觉得疼痛和恐惧。可能大多有过自杀行为的人在自杀前都会有这样的绝望, 否则他不会用正常人无法采取的行为来结束自己的生命。

　　纹就这样一脚踏进漆黑的海水, 像失去了魂的幽灵一样朝海水的深处走去。面对漆黑的大海她从容不迫,海水已经浸透了她的裤腿,很快打湿了她的衣角,可她的眼前只是一片迷茫,无知无觉。大海是孕育生命的摇篮,可此时却要成为纹的死亡之海,如果它有知觉和情感,就一定会在这个时刻亮起一盏渔火, 让深陷于绝望之中失去理智的纹幡然醒悟。可是海上仍然是黑暗如漆, 又有谁会在这熟睡的午夜到海边

来,恐怕只有鬼才会过来走一遭。

大海沉默,夜也沉默,纹还是继续往深处走着,走向死神。漆黑的海水已经淹没了她的大半个身子,她年轻而美丽的生命可能转瞬间就成为大海中的一具僵尸,她那嗷嗷待哺的孩子和白发苍苍的老母在梦乡里,怎么会知道她们亲爱的母亲和女儿正在走向死亡,而纹的头脑里更加失去了这个能让她有太多的生存理由的亲情概念。纹的头脑里只有一个意念,那就是走进大海,在深海中淹没痛苦与绝望,那唯一的一个意念就是死亡。

有什么能提醒她帮助她阻止她走向死亡的脚步呢,可此刻除了她自己没有任何别的人或物能够拯救她。就在这一瞬间,纹犹豫了一下,她的目光在黑暗中忽然有了一点灵动,这说明她在极度绝望的麻木中有了一点意识。纹后来对我说那一刻她的眼前忽然闪现了一抹阳光。

午夜里会有阳光么,可是我想用最美的语言来赞美这午夜的阳光,为了纹现在能够和我一起逛街聊天,还能够牵着她的女儿和老母一起玩耍欢笑。有人说上帝是不存在的,一切全靠我们自己,可我以为上帝是存在的,那一缕午夜的阳光就是上帝,是上帝的慈容在纹濒临绝境时对她现出的微笑,是上帝挽救绝望的一缕生命之光,因为这一抹阳光的闪现,让纹忽然间就有了生的意识和思想。

我为纹的思想也是上帝赐予的思想而感动,因为有了意识,纹忽然感到了深深的海水中自己的窒息,感到了彻骨的寒冷,海水已经浸透了她的每一寸肌肤,同时也感到了透彻肺腑的恐惧,被黑夜和黑海吞噬的恐惧。纹在问自己:我这就要去死吗,为什么而死,只为那个畜牲不如的男人么……我见到了阳光,再过几个小时,太阳就会从海面上升起来,我死了,明天将会是什么,是大海上漂流的一具僵尸,是被海水浸泡得臃肿苍白的可怕的尸体……想到这时,纹已经不寒而栗。

纹终于拖动着沉重的身体,徐徐地从海水里挣脱出来,艰难地走向生的彼岸。当她如新生般湿漉漉地站在岸边,就像一条幻化了人形的美人鱼。她说,从那以后,她就为阳光而活,为了每天的太阳不断地升起,

为了活着才能感受到的光明和温暖。我感谢上帝,有很大一部分原因是我感谢从纹的脸上沐浴到的阳光,只有曾经死过一次的女人脸上的阳光才有着如此完美的真挚和温暖,那来自午夜的阳光为我保留了一个如此美好的朋友。

纹脸上闪着光对我说:"连死都不怕还怕生吗？"这句话好像有人曾经说过,可是纹用自己的生命又说了一遍。懦弱的人连死的勇气都没有,可最懦弱的人是没有生的勇气。我喜欢看着纹像美人鱼一样、像阳光一样地活着。

# 招聘广告中的一把座椅

现代人灵活运用汉语进行广告策划的想象力着实令人佩服，比如某房地产公司开发的小区叫"锦绣钱城"，某汽车零部件销售店叫"车言车语"，某餐饮业的门脸儿上贴着几个醒目的大字"胃！你好！"，说起来可以编一本很有趣的小册子。前两天逛街，忽又见一大型广告牌上展出一个新的招聘广告，上书某某营运公司招聘营销总经理，"虚位以待"。广告中去掉了这个约定俗成的成语"虚位以待"中的"位"字，取而代之的是一把精心策划的无人乘坐的豪华舒适的座椅。这样一去一换非常直观形象地说明，这把豪华舒适的座椅正空着，就等你来坐。

这把座椅在广告上的几个大字中显得非常醒目，它漂亮舒适，却还空着，没有人来争抢，正摆放在大街上招徕坐者。满大街走过的人只要一抬头，就能看见"经理"、"老板"、"地位、金钱"这些闪光的诱惑。不知道是否有天上掉馅饼的好事砸在这个人人都想升官发财的大街上，不知道是否有需要满大街招徕坐者的富贵交椅。

梁山好汉的第一把交椅是不用满大街去做广告招聘来坐它的人的，早有一百单八将中多人觊觎，最后还是宋江用了"仁义礼信"这个最有力的攻心武器抢占到了。坐上了第一把交椅，就不用再操劳谋吃谋喝谋金钱的事情，就可以只想着如何皈依朝廷谋求官职光宗耀祖的大事了。过去皇帝的龙椅宝座就是空着就是垂帘，也不会满世界招徕人来乘坐它，它永远只属于皇族龙种的。就是龙座下面的一排排座椅也不用做广告招聘，早有人们不是碰得头破血流地争来就是耗了金钱身价买来。争来也好买来也罢，只要一屁股坐上去，就可以坐等享乐了。过去的经济不发达，没有如今满大街涂抹的漂亮广告，最多是口碑暗传哪里可以

花钱买到官椅来坐，那些椅子只要坐上去就可以不付辛苦地"坐享其成"，只为了那个"坐享其成"就招来众多的争抢者，不做广告也还挤破了门庭，所以自古就从来没有空着的皇帝或宰相大臣的交椅来满大街招聘坐者的广告。

如今进入了商品经济社会，这把大街上空着的招聘经理的座椅就是社会进步经济发达的最好证明。总经理虽不是宰相大臣、达官显贵，可也是个不小的官位，下辖大大小小一群满世界推销商品的营销员，对于一个无业可就、四处寻觅自己位置的人来说，那是个不错的位子。

一把座椅就是人在社会中的一个位子，但座椅摆放的位置总是有高有低有平有仄，有的靠近大海，有的靠近高山，也有的摆放在穷乡僻壤，可不管在哪里，只要拥有了一把座椅就不至于四处流浪而找不到立足之地，所以人们总是费尽心力地寻找属于自己的那把座椅。可是座椅的数量是有限的，人又无限的多，所以寻找座椅的事情就变得很辛苦，找到了能把它坐稳不丢失也不是件容易的事。这就像一个一直很流行的游戏，游戏的名称就叫"抢座椅"。一群人围着一圈座椅，提前设计好了座椅的数量要比人少一或两个，随着发动者一声号令"开始"，一圈人呼拉一下拥上去抢占座椅，于是就胳膊挡着胳膊，腿别着腿，屁股挤着屁股，一阵热闹的骚动过后，大多人坐在抢占到的座椅上兴奋地大笑，一定有一或两个被挤掉的没有抢占到座椅的人，站在一旁不平地喊叫，他们是这个热闹游戏的失败者。博得大家一笑后，再一次重新开始，上一次抢到的这一次就难免旁落。游戏在欢叫声中继续下去，直玩到尽兴了才罢手。这座椅是不容易抢占得到的，体力、能力、智慧、机会都得具备，被挤掉的往往是弱小者。

面对摆放在广告中醒目的空座椅，我不禁自问，如果这把交椅让我去坐，我能坐或者敢坐吗？我有能力有胆识去坐那把交椅吗？营销总经理，那是要全面负责一个企业产品的营运销售，最起码要具备从市场分析角度制定销售策略，根据市场行情推广促销活动，掌握竞争对手信息并建立对策，还需要具备数年营销经验等等的能力，我除了会教几个英

103

文单词,社会、商品、市场对我来说就如瞎子摸象,分不出眼睛鼻子的一摸黑,不出一个月就得把椅子坐翻重重地摔下来。就是大街上熙熙攘攘的人群之中,恐怕大多也如我或比我强不了多少,所以这把座椅还空着,所以它需要亮亮地摆放在大街上招聘来坐它的人,是能人而绝非一般的人。

　　这不是一把坐上去就可以坐享其成的椅子,虽然广告上它被画得漂亮,设计得舒适,可它真正是摆放在风口浪尖上的一把座椅。在如今商品经济的大潮中,稍不留神或能力不支就有被淘汰出局的危险。就拿手机来说,几乎几个月就更新换代一次。一代产品刚适应市场,新的一代又打了进来,一种营销刚进入状态,又要迎接和进入新的挑战。俗话说"没有金刚钻就别揽瓷器活",没有把船握桨、斗浪弄潮的本事也别坐这把交椅。

# 电线杆上的鹊巢

喜鹊把窝巢建在了电线杆上，杆高十丈，杆顶有灯，一对灯背呈90度角与灯杆正搭成两个相近的小平台。喜鹊夫妻用树枝把两个小平台搭连起来，枝枝相错、相交、相连、相挤、相压，如此形成一个密密实实的巨型建筑，支棱八角给路灯戴了一顶绵绵厚厚的黑绒帽。我数了数，十字路这边两个，那边三个，正好一行五个。

夜晚在大街上行走，点亮眼睛的是灯光，雀巢、星光和月光都远没了；大白天行路，阳光是没有遮拦的，可忽见了这五个喜鹊窝，阳光被映黑了五大片，像五颗黑星星点亮了灿白的天。

问问人类的老祖宗，做了几千年上天入地的梦，可曾梦见过喜鹊离开枝繁叶茂的大树在光秃秃的人造水泥杆上建巢。

大凡惊天动地的创举，都是应需求和梦想而生，也有应急而生的，所谓急中生智，鸡急了上树，狗急了跳墙。喜鹊的需求是大树，梦想也是大树，所以它当属于后者。那一天它们倦而归巢，雌喜鹊在前边飞到家中又折回来。

喳喳喳！怎么了？呜呜呜，树倒了！啊？我的家！我们的家呢？家毁了。谁干的？一个怪物，看！在那儿，庞大的，牙齿像巨轮。亲娘！真是个可恶可恨又可怕的怪物。

过两天它们又找了一棵大树建巢。喜鹊建巢当不次于人类盖房，哪一个盖房的不在新房建成后有扒去一层皮的感觉，喜鹊建完巢怕是有拔去一层羽毛的感觉。可是没过多久，雌喜鹊又折回来。

喳喳喳！怎么了？呜呜呜，树又倒了！啊？我的家！我们的家呢？家又毁了。谁干的？还是那个怪物！我以上帝的名誉诅咒那个怪物下地狱！

## 独立小桥风满袖

夜晚降临,喜鹊"喳喳喳"地满世界乱飞寻找睡觉的地方。楼下的草坪和冬青里有许多窝地可以供它们栖息,可它们宁死也不住在虫子的低度;路旁那么多成排成行的绿化树,四五米高整齐划一,可那远不是它们必须的高度;楼房五十层高可摩天,可楼顶有人声,睡在那里它们会整夜地做噩梦。它们只好飞到滨海大道边十丈开外的电线杆上,好在杆顶的灯背可以供它们落脚歇息,那一晚它们在那里呜呜喳喳夜不能寐。

我们必须再建家园。大树已经不再可靠了,自从那些怪物闯进来,许多大树被它们一棵棵地吃掉,怪物待在那儿不走,树就难保明天不被吃掉。喜鹊们都离开家乡飞到远处的村庄找大树建巢去了,不如我们也去。不,我们不能背井离乡,见不到大海闻不到海腥味吃不到海鲜,我们会生不如死。那怎么办?

雄喜鹊沉默良久忽然头脑里灵光乍现。

有了,我们就在这建巢!在这?在光秃秃的电线杆上?对!你看,电线杆除了没有树枝树叶的掩护,其余的都有:耸立参天,有大树的高度;远离人的门户,有大树的安全度。还有大树所没有的:其一,不会被怪物推倒吃掉,怪物只喜欢吃大树;其二,夜晚灯光引来许多小飞虫,我们可以吃到免费的晚餐;其三,灯管把热量传给灯背,就像给我们铺了一床温热的电褥子,这可是我们祖祖辈辈谁都没有享受过的。

夫妻俩简直雀跃起来,它们不惜再脱掉一层羽毛,飞复往返地往电线杆上叼树枝。它们又把这个伟大的创意告诉给其他失去家园的同胞,于是接二连三,很快有几对思想进步、行为新潮的喜鹊夫妻飞来效仿,于是不久,五个喜鹊窝就赫然如绒帽戴在了电杆顶头的街灯上。

说它是创举,是白天的星星、半空里弹奏的五线谱、城市里惊人的当代风景,都是溢美之词。却不知它也是城市的尴尬、原乡喜鹊的尴尬,恰如原乡人的尴尬。亲耳听的,一个刚搬进楼房的中年村民,夜间睡觉仍在卧室里放着原先住平房时用的夜壶,害怕内急起夜到外面跑厕所;

亲眼见的，一对刚搬进楼房的老夫妻在厨房里搭了个土灶台，说是没有灶台就没法蒸馒头。当人们把一片古老了几千年的村庄彻头彻尾改装为城市的时候，原生态与现代化、古文明与现代文明、落后与进步、大树与电线杆、露天厕所与洗手间、土灶台和煤气灶，喜鹊、中年农民和老夫妻的行为，都蹩脚得让人啼笑皆非。

不过很快，村民自然知道了怎样在楼房里上厕所和蒸馒头，自嘲着扔掉夜壶拆掉灶台，城里人笑过后一切恢复了文明的自然。而电线杆上那五个焕发着勃勃生机的雀巢，却仍配得享誉另一段赞美，它在自觉与不自觉、自然与不自然的无奈选择中，给达尔文的进化论谱出了一段最新的曲子。

自从上次去海边有了这个惊喜的发现，我就一直惦记着那几个喜鹊窝，想着再去带上相机把它们拍下来。摸摸自己的胸口，对那道风景的喜爱是打内心里发出的。几年前去城外的水库玩，在水库旁的几棵茂密的老槐树上看见了几个喜鹊窝，往东看去，它们与远处的几幢高楼相映成趣，用相机的远角把它们拍在一起，起名就叫"高层建筑"。

现在，我又拎起相机走向城南的滨海大道，打好谱要拍下路旁电线杆上的"高层建筑"，相比水库边老槐树上的喜鹊窝，它们当然不是处在一个层面上。

上午的阳光晃眼。我站在大路上仰头寻去，不禁吃了一个寒噤，路那边的鹊巢怎么没有了，半空空白出了一大片，只有这边那两个还在，显得孤零零的缺了半边，再往西望，好在那边又新建了一个，与这边的两个有了遥相呼应。

我在想丢失的那三个，绝不会是喜鹊自己把自己的窝巢给掀了，那么，除了喜鹊，城里再没别的大鸟有掀掉鹊巢的本事，那就一定是人了，人没有翅膀但有梯子，若是上天，人也能造出天梯来。

想起地球的另一面，有人在树上和电线杆上给雀儿们挂上小木房，地球的这一面至少我没见过。没见挂的，却见了被毁掉的，难不成这个

太阳最早升起的一面,容不下几颗黑亮的星星。

往那空白处荒荒地看一眼,小小的一点爱心顺着水泥杆七零八落,担心又悬上剩余的两个和新建的一个。别再拆了,缺点人性添点鸟性,我们还要让鸟儿脱去几层羽毛,它们碍着了我们什么?

# 叁

# 生命情结

一个人，一杯酒
醉话李白
胡杨之恋
张开双臂，面朝大海
请在雪花里吻我
海边的椅子
桐花盛开的村庄
香月
中秋醉话
醉
咖啡情结
此泪无声
你的脸上有个痘痘

# 一个人，一杯酒

一个人，一杯酒，侧耳听烟花灿烂，一首乐曲演奏着满天星火绽放的旋律，却没有演绎出怒放的醉意，且不如慢四的飘摇里清舞如孤的月满西楼，红藕香残，她轻着罗裳，相思如水，拖着一叶孤舟如一行秋雁划出的游痕，低眉放目，词以当歌，一启红唇，唱绝了中华女子蝉寂千年的孤独与空茫，直唱到落花流水柔情无计，唱到己丑初冬早来夜一个灯黄火暗的房间里的一个红酒杯前，唱到独对烈酒头晕脑热心胸流转豪情万方的寂寞人边。别再说才下眉头，此一唱直让人虽万语千言喉咙里流珠滚玉，也只羞对佳人绝句而哑口无言。

一个人的寂寞有点灿烂，一杯酒的诱惑有点庞大。莫以为这世上真有什么可悲可叹，有的人疲惫亦欢乐于繁华，有的人沦陷亦自得于孤寂。向空中伸出手臂，即可以拥抱住一团空气，深邃地呼吸，过滤了二氧化硫和氯等无机的望，要的是二氧化碳与水的有机的欲。呼不能代表肺的纯洁，吸的完美配合才完整地表达心胸的生机，诸如江南的温柔乡里那一头柔密的发一身柔蜜的肤色，柔蜜的吻柔蜜的相拥柔密的节奏和柔蜜的叹息，那些空气里密布的微尘，水一样吸进支气管道，奔赴进身体里每一个渐活而渐微渐弱的环节去寻觅一种点燃。酒色是大地纯粹的本色，是骨子深处藏匿的星火，独饮是一口原始的缓慢如钻木取火的工夫。

无人劝君一杯酒，一杯一杯复一杯，沿着如此醉意前行，渐可得劈空里一堆篝火和广寒处一轮明月。直到酒气如舟，载一个轻飘飘的孤独酒徒乘火光和月色出游。但见锦绣江南春江水赤红胜火，梅染北国看朱成碧绿如蓝，起身处光热扑面银河飞度流云斜舞，都幻做京腔里一板三

眼的恍恍惚惚,谁在问人面桃花今何在,我只爱千古美人唱冰轮,水袖轻抛,酒舟如渡,轻蹈入嫦娥的闺房,竟不知月明星稀天高地厚,自嘲那玉兔独处广寒疯狂自恋,绽破开天的宁静夜的深远,却是一个人一杯酒的俗不可耐的矫情。

是谁把你的心当做漫步的花园,酒醉后流云一样逛进来,洒了满园的酒气却没留下半履足痕。栀子树独自绽放花蕊,蜗牛背着重重的壳一步一步地爬上来,黏稠地蠕动着调不开的体液,像天公调错云雨的误解的泪。诱骗你的繁华像秋叶一样被风掠走,貌似强大的激情原来只是一具老朽的木,想化作春藤攀爬你青春的躯体。我孤独的孪生姐妹,把一切都醉在酒里唱空了吧,扔掉躯壳来我的花园里逛逛,任你自斟自饮自弹自唱,任你割掉夸夸其谈的舌头去畅想会说话的眼睛和骨子里头的诗意。其实我只是有一点儿小资,爱上空气里若有若无的忧伤,想你的品位你的相思和你的梦想,想你的咖啡和柠檬汁,停靠在你我的手指间交融着谈吐的香,在香味里慢慢地聊,我甚至忘却了我正独醉,说着就拐进你那一团浓浓的小资情调,抱怨我们变成了生活的机器,厌倦对面的都是死寂,于是我们只好谈爱情,说你爱着我难道还有什么不幸吗?我不爱你难道是你的不幸而不是我的不幸吗?你所处的只是失恋,而我所处的却是失望。从大处着想,失望比失恋更加无救,所以我比你更加悲凉。

并不喜欢一个人和一杯酒,我只是喜欢酒精,"精"是一个神奇的汉字,精子精华精神精力精灵精怪人精妖精神精酒精……"精"造人造物成人败人,好像可以说,不论什么,只要成了精似乎就无所不能,所以我只是想借着酒精成精,譬如成蛇精,着月白之长裙跨昆仑之高度救许仙之性命;成狐狸精,吸日月之光华成千年之妖仙摄活人之魂魄;成人精,唱广陵之高歌蹈飞燕之轻舞成江河之画卷;至李白"我歌月徘徊,我舞影零乱"之醉成诗文之精,就在独醉于这一个人一杯酒的清醒之间,挥毫成狂舞随月行乐及春的流传千古的凯歌,却原是千古诗文酒中来,奔流到醉不复还,投身进本世纪初街头巷末的冬青丛里,成一具满嘴胡言

的邋遢酒鬼，清醒后想一想"精"与"鬼"的差别，竟然像圣女与荡妇之间的距离。

天冷了夜黑了身子累了，头脑僵化四肢僵硬且四壁全空，瓶盖开启处酒香溢出，如暗夜的车窗里情人探出头来的凝眸一笑。谁敢板起一副老朽高深煞有介事的面孔去蔑视那芙蓉照水般的风情万种，君不知血是热的心是跳的身子是用来活的四肢是用来舞的喉咙是用来唱的大脑是用来想的脸蛋是用来笑的，时节所至冻结的痴浇上浓浓的一杯酒，所有活的意义便都跃然纸上恰如满天星斗，所谓古来圣贤唯有饮者留其名，我那千年的暗恋只怀揣这一个坚强的理由。

千年文明纵观古今，除了"生当人杰死为鬼雄"的女中丈夫，昭君飞燕玉环貂蝉的歌舞声吟，都在男性呐喊的历史轰然起落的炮火中成为静音，幸有玉环的一声贵妃醉酒，腾挪起阴柔里一股骄阳般的豁然豪气，那个深宫密闱中灯昏火暗的夜晚，便是一杯酒浇开了一个女人一树梨花。

我踏着梨花飘雪的园庭衔着酒杯逶迤远去，一路把歪斜的歌舞洒满醉意嶙峋的小径。望天空没见到千年以前的玉兔冰轮朗朗乾坤，我只寻一个能让我由衷微笑的表情，寻一个东海龙王的定海神针来支撑我动荡不停的大海空心。醉眼蒙胧中，我不能在褪了毛的头顶上看见森林，不能在长了草的皱纹里看见麦子。我仍然止不住歌唱和舞蹈，我坐在沙滩上等待一个约好的友人，不想别的，只想眼睛对着眼睛。蜗牛慢慢地爬上来，使花开花落都成为独属于一棵树的盛事。那一晚我又醉了，不是独醉而是群醉，人群里都是我最要好的朋友，至午夜梦回传来你的呼唤，我已忘却了什么海的深度树的高度，我只要你酒一样的温度。

夜色如浅吟的溪水，酒杯里流连着最后一滴暗红的液体，我的快乐像酒力一样可深可浅、可漾可荡、可飘可溢，瓶子里还有着广大的诱惑，你知道那一截无影的距离就在这一场红色的诱惑之间。我说过并不喜欢一个人和一杯酒我只喜欢酒精，在诱惑的左边可以成精，转到它的

右面就会成鬼;在半空里游是精,扎到冬青里就是鬼。看在酒仙诗仙的面子上我发誓永不为鬼;所以一个人一杯酒只是一个意境,我用繁华的文字来表达这个意境,而繁华恰是孤独的最高境界。

# 醉话李白

　　清醒的时候谈李白,李白是诗歌的架子;醉酒的时候谈李白,李白是对面开怀而坐的酒友。"来,干了这杯!"干了,朋友才叫爽;干了,宴席才能散。杯干了,人散了,可是酒不散。酒是大地养育的玉米高粱的精魂,它附上一个凡庸的身体,就能腾云驾雾、呼风唤雨驰骋开上下五千年的宽度,就如它附上我,轻飘飘地举我在云端之上,虽然刻意地控制飘摇的姿态,可控制不住酒的恣肆,它的千百个细小的触须,如春日里花蔓疯长的慢镜头,放任了千百个相思,把一千年的久远拉近在咫尺之间,与我思念之中的那个人四目相对,双手相握。那个人,我曾与他典当了金裘宝马换成美酒消解万古之愁,我曾与他月下对酌狂舞凌乱如影随形,我曾与他醉卧山水自称酒仙无视皇贵,可是他已经离去一千年了。一千年虽久,可酒醉的时候想起他,他还会应了酒魂的召唤乘月而来。那一晚月光如水,那个人仙袂飘飘。

　　"高歌取醉欲自慰,起舞落日争光浑……仰天大笑出门去,我辈岂是蓬蒿人。"这个狂妄的酒徒,自称有管、晏之术,"怀经济之才,抗巢由之节,文可以变风俗,学可以究天人"。他一生游历,狂放不羁,却不为浪迹山水,吟诗赋酒,却只为"建功业,济苍生"。

　　好男儿志存高远,无论过去还是现在,没有一个女人不赞同这样的话和欣赏这样的男子。可是,我更愿追溯巴尔喀什湖清澈的湖水,楚河的清流孕育出的那个俊朗的少年,做他青莲少时的玩伴,跟着他上山下水,纵横侠义,跟着他与眠山的隐士同游,与林间美丽的鸟儿共语。我只想化作一只鸟儿,落在他的阶前,听着他轻柔的呼唤,飞到他的玉指间啄食,我愿他一辈子都这样在清幽的林间呼唤我的名字。可是他走

了，就为一个赵蕤，一本《长短经》，就勾去了他的魂魄，鼓起他远行的风帆。"仗剑去国，辞亲远游"，他是鹏，从小就是，而林间的鸟儿都只是燕雀。燕雀虽小，却懂得爱他就给他自由，爱他就以身相随。

心随是因为爱，因为爱才会痛，追随李白离乡以后的历程是不免要生痛的。都说"乱世出英雄"，乱世，诸如有纣王之残暴商朝之竭尽，才有文王积善行仁，起用贤能，助武王伐商兴周，姜太公才得以耆年得志，建功立业；有齐之内乱衰弱，鲁之伐齐，才有齐桓公任用管仲，管仲才得以施展才能，励精图治，富国强民；有汉末天下混乱割据，才有刘皇叔三顾茅庐取治天下之道，诸葛亮才得卧龙出水，青史留名。而生于大唐盛世的玄宗，一生享数代皇荫，到晚年已纵情声色，崇信宦官外戚，神昏志颓。此时李白梦想行太公扶周、管仲助齐之事，不一定是才华不济，只怕是生不逢时。可他书生意气，诗书气盛，又存有傲世之风，全顾不及此，才竭尽一生的追求，不得而终。

当金陵遇司马赏识，兴作《大鹏希遇有鸟赋》，"激三千以崛起，向九万而迅征。背嶪太山之崔嵬，翼举长云之纵横"，如此气势磅礴的大鹏赋，只是使李白的文章名扬天下，却没有使他鹏程万里的起飞更加通畅。而后游历江南，结交达官显贵。一进长安，献赋玄宗，以求得皇帝赏识。而后又辗转七年终得入朝为官供奉翰林，陪伴皇帝左右。李白很是为帝的赏识与厚待而感动，以"长揖蒙垂国士恩，壮士剖心酬知己"的赤子情怀，竭尽半生才思侍奉皇室。却不知他半生的傲世才智，只付与陪伴皇帝的宴请郊游，他绝世的生花妙笔，只用来歌颂皇帝的香车宝马和贵妃美女，而他面对宦官的专横和外戚的骄纵，面对繁华景象背后隐藏的深重危机，顿生壮志难酬的失意与对国对民的忧虑，怎不令他借酒浇愁。酒壮英雄胆，于是就有了力士脱靴的故事。殊不知，那力士虽然没有了男根，却是深埋于皇室地下的树根，羞辱不得的；而他的桀骜不驯和放浪形骸，早得翰林中人的嫉恨，又无端招来谗言诽谤，使他"大济苍生"的热情如迎面浇来一盆冷水而骤然冷却。

侍君不能委曲，为官不能苟且，却不知自古以来皇室官场一直都

是一个鱼龙混杂、争喋不休,而最终荒淫腐败、小人得志的畸形载体。那个满心傲气、一身傲骨的诗人,这里岂是他施展抱负的久留之地,正待归去,却得皇帝一纸圣谕,赐金遣返。若是辞(主动辞官),还在失意之余给诗人保留了一份清傲的心境;可是遣(变相的放逐),却给诗人的心灵一个极大的打击,"金樽清酒斗十千,玉盘珍馐直万钱。停杯投箸不能食,拔剑四顾心茫然。"纵是珍馐美酒也抵不开诗人心中沉重的愁绪,还指望"长风破浪会有时,直挂云帆济沧海",这样的天真怎不让人心痛?

还是把他交付与山水,交付与美酒和知己吧。作李白的酒友和知己,哪怕只一次,也是千古有幸。想当初与他同游的旅伴吴指南不幸途中暴死之时,李白悲痛不已,"泣尽继之以血";后又有他相抱移尸骨于江夏以安慰亡灵。人生谁能无死,死而得诗人相泣相慰,也死而成诗,死而无憾了。

做李白的好友,可以如美丽的吴姬,如潇洒的金陵子弟,与其把酒言欢,吟诗作赋,享友情如绵绵东流不忍惜别的江水;又可如扬州少俊,与之"系马垂杨下,衔杯大道边",豪饮绿水,说不尽知趣相投的惬意。

若说李白一生的追求是建功立业,一生的灵魂是诗与酒,一生的习性是狂放不羁的漫游,那他一生的构架就是朋友。在他漫游的历程中,每到一处都有好友的支撑,在他客居染病、仕途失意、夜郎流放的诸多时日,朋友的书信是他唯一的安慰,而在他真挚的性情之中,不管游到哪里,友情始终是他心中的珍重。"桃花潭水深千尺,不及汪伦送我情",是他对桃花潭一介平民的深切感念。"吾爱孟夫子,风流天下闻"是他对孟浩然由衷的爱慕。当年他慕名远途谒见孟夫子,与之一见如故,习性相投,共游江夏,诗酒同欢,以致黄鹤楼相别,他怅然写下"故人西辞黄鹤楼,烟花三月下扬州"的千古绝唱,足见诗人对朋友用情之深。对好友王昌龄,李白也是时时牵挂,当听说他被贬官的不幸消息后,李白凄然写下,"我寄愁心予明月,随君直到夜郎西",寄给远方的友人,安慰他失意的心怀。李白与贺知章更是难得的忘年之交,当年他初进长安因一曲《蜀道难》得贺知章金龟换酒,以"谪仙"称之,李白一生感其知遇,

直到十几年以后,李白辞官漫游到会稽的第一件事,就是凭吊已经辞世的贺知章。

李白与杜甫的深厚友谊,更是为人千古交赞。公元 744 年,李白与杜甫在洛阳相遇,这是中国诗歌史上的盛事。两人把酒长谈,抒怀遣兴,借古评今,惺惺相惜。只一年多的时间,两人就两次相约,三次相见,建立起深厚的知交之情。分手后,杜甫对李白的思念无日不忘,写下"死别已吞声,生别常恻恻","三夜频梦君,情亲见君意"这样情笃意深的诗句,而李白与杜甫分别之时,也吟念"何时石门路,重有金樽开",在别后的日子,也对杜甫"思君若汶水,浩荡寄南征",虽然李白豪放不羁,不喜牵挂,但对杜甫当是"万水千山常挂怀"的。

与李白做朋友是何等幸事,可以与其漫游山水,畅饮美酒,可以得其笃意深情和千古诗章。醉话李白,其中当充满爱意,可醉与爱弥深,也不能发狂想要嫁给李白。曾经有若干女子狂言来生嫁给苏东坡,但没有一个敢言来生嫁给李太白。苏东坡一生与三任妻子相爱相守,每一位都情笃意深,留下感动古今的深情诗篇,没有一个女子不倾慕他的才情,不向往作其爱人的幸福。可是李白,虽然貌比潘安,气若谪仙,才富八斗,可是他居不能像东坡那样定所,行不能如浩然那样超脱,虽生性狂放,桀骜不驯,却又着意于"安社稷,济苍生"的功名梦想,即使在桃花岩下与许氏结发,过着恩爱美满的婚姻生活,也羁绊不住他外出漫游以图功业的心志,在他的诗歌中,也很少找到思念妻子的作品。李白可以爱可以赏,可以同欢同醉,同愁同眠,就是不能共同生活。这样一个离蓝天太近,离大地太远的梦游家,一半属于功业,一半属于山水,一半属于朋友,一半属于美酒,一半属于诗歌,一半属于仙道。一个志不在当下的男子,把他分开多少半,又有几分之几是属于妻子的呢?

所以,做李白的知己加酒友,在孤独失意的时候想起他,在诗酒飘香的时候与之相约,即使一晌贪欢,也可得性相投,心相通,出同游,醉同归。想当年文坛三杰吹台相会,李白与杜高携手酣饮豪歌,写下著名的《梁园吟》,"平台为客忧思多,对酒遂作梁园歌……人生达命岂暇愁,

且饮美酒登高楼"。有酒就有了豪情,有酒就忘却了忧愁,且在山野间暂作散仙,嬉戏畅饮,"两人对酌山花开,一杯一杯复一杯。我醉欲眠卿且去,明朝有意抱琴来",憨态与醉态如此,岂不比醉眠长安假作酒中之仙更来得潇洒酣畅……此生最梦想做的事情,就是化作一个影子,在花前月下,对半个仙人,喝一壶浊酒,舞两个时辰,聊解一个"独酌无相亲"的千古孤独。素来都不乏有"抽刀断水水更流,举杯消愁愁更愁"的大忧小愁,贪杯不遇之人前仆后继共鸣李白,还得他"五花马,千金裘,呼儿将出换美酒,与尔同销万古愁"的万丈豪情。酒承载和抒放着李白的情感,李白成就了酒的文化,使得千年玉液醇发得愈加璀璨。

醉话李白,只有酒醉了,神迷了,脚底飘了,人才能如行云流水去追李白的仙踪,才可以上至"连峰去天不盈尺",下到"一夜飞渡镜湖月";才可潇洒得"且放白鹿青崖间",傲岸得坚拒"摧眉折腰事权贵";得幽谷听琴,"为我一挥手,如听万壑松",得边关飞渡,"长风几万里,吹度玉门关";飞越"欲上青天揽明月"的狂想,一览"黄河之水天上来"的气势。李白终一生不得之志,未名帝王将相,管、晏英雄,却名诗酒之仙,这岂是上天的无意之柳。

既然是醉了,眼前的事情就可以消失到地表十八层以下,就可以约来"对影成三人"的孤独酒徒,月色放浪黑既白,嫦娥起舞酒如练。若说千山万水,只不过近在一个心念之间,若说理想前程,都在酒香的一个酡红的漩涡里,倒不如眉如柳,颜如玉,笑如莺,歌如簧,但爱那"美人欲醉朱颜酡",不管它"流光欺人忽蹉跎",只饮得"看朱成碧",哪顾得"身后千载名","笑春风,舞罗衣,君今不醉安将归"!

# 胡杨之恋

　　我搜集了大量有关胡杨的图片,分成两个集子藏了,一集是"胡杨之生",另一集是"胡杨之死"。又读了些有关胡杨的文字,本想着《生死胡杨》,却发现邢增尧先生已经写过了,像他笔下"死亡之海"里的胡杨林,"巨帚般的树冠","戈壁的精灵","戈壁的魂魄"。像杨献平先生的额济纳的胡杨林,"灿烂胡杨","金色的林帐","怪树林——万千倒毙的胡杨树"。

　　大家都是身临其境的了,我只是在图片里看见,就像在图片里见了金黄的油菜花,忍不住一路远行就追到了婺源。婺源是顺山水而南下的,葱绿柔美。而塔克拉玛干、额济纳,绝山水而北上,苍凉荒绝,恍若遥不可及。

　　夏天和好友说起爱山的事,细致如江南的她喜爱南方的山,青翠秀美;而我大概是生错了性别,独爱北方的山,喜欢它的沧桑感。所以,每提及大漠戈壁边塞古城,心里就陡生一种敬意和向往,想象着,把一个青葱的自我置放于大漠孤烟之中,让风沙吹我的发吸我的血水,让我踏进它的孤独与自由吸它的魂魄,造一个画面,哪怕只一个瞬间纪念我的来过……早晚,我要去的,我这样想。

　　胡杨是站在大漠戈壁中等我的英雄美男子。

　　我是一个直觉动物,美,对我能产生直接的不可抗拒的诱惑,就如胡杨,它就那么自然地往沙漠里一站,就摄住了我的眼睛震撼了我的魂魄。它粗壮的树干结满岁月的疤痕虬结而上,正是我喜爱的沧桑;它硕大的树冠举着蓝天铺开耀眼的金黄,有建木之"众神缘之而上天"的梦幻感;它集高大壮美、沧桑遒劲和灿烂美艳于一身,挺立在沙漠之上。

在沙漠之上，所有的生命都值得敬畏，自以为高大的人需得向低矮的红柳和匍匐的芨芨草俯首致敬。而胡杨，秀出于百木之上，它对严寒酷暑、盐碱旱涝等最恶劣、最残酷环境的极强的忍耐和抗击能力，非荒绝之地而不生的绝世品性，三十多米的高度、成林成廊的广度、如玉如金的色泽度、六千多万年的历史长度，"生一千年不死，死一千年不倒，倒一千年不朽"的美丽传说，这"极为神奇的群体"，让我遥遥想象，想象它们的生长地，黄沙似海，风暴肆虐，动植物稀薄，而胡杨却在那里生着大朵大朵的绿云，铺着大片大片的黄金。那些大片的胡杨林，应该像唱着缤纷之歌的沙漠之神，让我的想象达到大漠繁荣的鼎盛，我在如诗如歌的想象里做梦和仰望，难道这不是一种幸福。

而后，望过它的外表，我把眼睛向下，再向下，透视到黄沙十米以下胡杨的根系。胡杨的根，它一生唯一拼搏的目标，只在于向着尽可能的深度汲水，以成就地表以上那棵大树的伟业。据说，沙漠上植物的根系，因为要扎到很深很远的地方汲取水源，往往比它地面上的高度要长出几倍。至此，我必须向一丝一毫都不外露的根致敬。

胡杨生得灿美，死得震撼。平生经历，见过的死亡现象极多，像花枯草萎，虫死兽亡，草木一秋，落花流水，全都难觅踪影；更有人死如灯的寂灭，生的繁华，转眼如灰如烟。而胡杨的死，耗干了生命的水分，褪却了弱枝细叶和灿烂的色泽，只挺着粗壮坚韧的主干，有完整的更有摧折的，都坦露着木质的原色，或高举臂膀如振臂的将士，或低眉俯首做千年的沉思，或倾身对视如倾诉风语，或青筋呲裂如猛虎怒狮。有的似鸟，有的似兽，有的似弓，有的似龙，有的似折而不屈的脊梁，也有群体的死亡——成片枯死的胡杨林，似一个尸横遍野、枪戟乱戳的古战场……我从来没见过有任何生物如此壮观地呈现死亡，壮观且壮烈。

是什么导致了它的死亡，是岁月太久还是根系过于疲累或是地下水彻底的干涸，都不得而知。那么壮丽的大树，不知什么时候就失去了往日的繁茂渐渐干枯了。大概沙漠里人烟稀少，没有人收拾它们死去的尸首，沙漠的干烈也不给它们借潮湿而腐没的机会，强大的风暴把它们

摧折,苍天的巨斧以强悍粗犷的大意砍削并塑造它们,成就了它们比生还要峥嵘的死亡姿态,成就了人工不能企及的庞大的艺术群雕,震撼人心,夺人魂魄。而后,一百年一千年,它们坚持着大自然赋予它们的模样,为大漠和苍天而不朽。

在植物界,我心中的英雄形象再美不过胡杨了;动物界沙漠苍狼的图腾可有一比;人类之中,唯有精神,如出使西域的张骞,不屈不挠的鲁迅。

如今,我吃得太饱、穿得太暖、活得太安逸,我更偏爱了它高大俊美的形象和遥远的神秘与神奇感。除了大自然,我没有信仰,而在唯一的对大自然的信仰当中,我顶礼膜拜胡杨的生与死,顶礼膜拜它灿若黄金的叶子。那大漠之中傲然挺立的伟丈夫,早晚,我要去看它的,我一直这样想。

# 张开双臂, 面朝大海

秋天了, 天空高了, 海阔了。海鸥成群地从远处飞来, 呈扇形 "刷" 地俯冲一下海面, 然后或降落沙滩, 或掠水而过。远望去, 海与天在一条平直的线上相交, 交界即是分界, 线以上的蓝色浅, 漫着更多的日光, 有些白云, 有些氤氲, 那是天; 线以下的蓝色深, 水对日光吸摄得多反射得少, 蓝浸在沉沉的水里显得深碧, 那是海。在多数情况下, 海天一色都不是现实, 天浅水深, 天轻水沉, 天往上水往下, 只是它们在极目的远望中把深浅铺成了一个平面, 形成海天相接的风云撕扯不破的蓝, 对人的眼睛和心灵形成一种挣不脱的视觉限制, 准确点说那是一种吸摄, 望不到边和看不透底的蓝色的吸摄。

你托付我替你拥抱一下大海, 于是我为你张开双臂。

海朝我奔来, 由天际一色的沉静奔跑成跃动不息的涌, 像蛙泳运动员的头颅, 一拱一拱迅疾地游过来, 在靠近岸边我站立着的地方它们忽然哗然大笑, 笑成一片雪白的花朵, 一瓣一瓣直盛开到我的脚下再化成清水, 亲吻我的脚趾, 继而亲吻到脚跟。海的吻以凉爽为热烈, 我怕凉而假意退逃, 它就追, 追不动就退, 它退我追, 后边的浪朵又涌上来, 我又退, 这样的游戏会使人变得像孩子似的顽皮。

若累了, 就走过被海水浸湿的沙面, 走到那边白白的没浸过海水的沙滩上, 坐下去, 沙热得烫屁股。这才注意到近处游泳的男男女女明晃晃的脊背和远海里白鲨一样飞掠着的小汽船, 还有海深处的一个隐隐的小岛。那个岛屿并不大, 绕岛走一周也就不过两个小时, 岛上有不多的居民, 每天有一班船载着他们在海上来去。可是在遥远的观望里, 它很容易就产生了神秘的色彩, 就貌似成了一个袅袅的仙岛, 大海从这

个角度展示着它独具匠心的审美。

为了把大海原汁原味地介绍给你，我尽自己的所能褪去文字的修饰，去触摸你所说的"洗尽铅华"。可是中秋快到了，我很自然地就想起了大海的月夜，要想叙述月光里的海，怕修饰多少文字都是不够用的。

夜晚降临，白晃晃的日光消退殆尽，海黑暗下来。黑暗的海是容易产生恐惧感的，可是月亮升上来，徐徐的、满满的，海又亮了。这光亮与日光不可同日而语，就如冰与火，骄阳似火，明月如冰，冰轮灌海，这一海的波涛在光影里荡漾，若凝住了目光，便只见荧光千层光华万点，人就不由自主地沦陷了。

还有沙滩，淤积着退潮的水湿，在脚下铺展出数十米宽数千米远，脚踩上去，绵绵软软的，一点儿的声息都没有。月光同样满满地笼罩在上面，在细细的水洼和水珠上摇晃不休。月夜里的海滩太干净太清净太晶莹了，很少有人独自在上面走动，若一个人走，像是天涯孤旅般的独寂和出尘，时间长了会走火入魔的，当年我一个人走过一遭，然后看每个人和每一家灯火都不入眼，然后再不敢一个人去。

有很多情侣，专门寻了这极其脱俗和浪漫的去处来，在极静谧的一角拥抱和亲吻着。到别处再也寻不到这样的爱情天堂了。

你说你在流浪，不是身体而是心灵，还有什么比心灵的流浪更寂寞和不知所措呢。又到中秋了，如果你在外乡，千万不要相思和想家，要知道在大海的故乡，还有一个记得你的嘱托的人，在无边的祝福里面朝大海，张开双臂，定格下今晚那千里无边的美丽月色，节日的温煦已充盈满怀了。

# 请在雪花里吻我

今年的最后一场雪，在北方各个城市雪报频传之后姗姗来迟。在人们久久的期待之中翩然而至的雪花所带来的喜悦可想而知，惊叫欢呼，雀跃奔跑，堆雪人打雪仗，在广场之上，在街巷之中不难得见。

每一年的每一个冬天，如此的期盼和欢悦早已成为一种必然。哲学上说"必然之中存在着偶然"，所以就有了偶然的你带我去兜雪。这个偶然是一定要有条件的，首先必须是下雪了，而且天气情况并不恶劣，最起码没有恶劣的北风；其次必须是你我都同时拥有空闲的时间；再次必须是你我都有心情——相同的一种心情；当然我们得有车，有供自己自由驾驶的车辆。所有这些因素凑到一起才可以构成一个偶然的举动——2008 年的最后一场雪，我有生之年的第一次，去大海的边缘兜雪。

车在雪天里行驶，不急不缓地像是在和雪花漫步；雪花轻吻着车窗的玻璃，如此无声的轻柔，又如此铺天盖地的疯狂。雪花的唇不停地印上来，又不停地消融成为水一样的叹息轻轻地流下去。你问我上午做什么了，我说排练元旦晚会的节目；你问什么节目，我说准备唱一首歌；你问什么歌，我说是《我爱你，塞北的雪》，可还有一首我也很喜欢；你问哪一首，我说是《你那里下雪了吗》，你微笑。于是雪天里飘出一曲优美的乐音来，还有一幅唯美的 FLASH 画面：你那里下雪了吗？面对寒冷你怕不怕……哦，如此完美的偶然，如此奢侈的浪漫……

车子停在了沙滩的边上，我的高跟鞋踩上了沙滩，顿时柔柔软软地陷出一个个深深的坑来，你说别走了，皮鞋沾上海水会被侵蚀坏的，我说管它呢，我要从沙滩的这一头走到那一头，可你却说那一头是天涯海

角，我一看的确是天涯海角，大雪已经把那一头弥漫得天苍苍海茫茫，更没有半个"白头蓑笠"，几乎是音像全无，时间在这一刻停驻并倒退，物质在这一刻消失并还原。我说走吧别说话，但须得拉住我的手，难得你并不反对，于是深深软软的坑便悄然地从沙滩的这一头朝那一头逶迤而去。

可你又说话了，问我眯着眼睛做什么，我说眯着眼睛会更感受到世界的蒙眬，跟着在蒙眬中飞舞的雪花一起有像雪花一样飘飞起来的感觉，让你也眯上眼试一试。你只是笑，可你的眼睛却睁着，忽然想起你说过的从来不喜欢虚幻的感觉，便也一笑而过。

告诉我现在的大海是什么颜色？这一回是我先说的话，你说一片白茫茫的，看不清。我惊喜，那就对了，前一阵子我猜想过雪中的大海一定是白色的，有幸这么快就得到了验证。你又说这么点事也值得这么高兴，我心想活了一辈子才有了这么好的偶然的际遇，怎么会不高兴！

真想就这样无声无息地走下去，停驻在这一片天涯海角，走到海枯石烂，走到天荒地老，这样你拉着我的手就不会因为凡事的搅扰而松开。"海枯石烂"，"天荒地老"，这流传千古而不衰的有关爱情的铮铮誓言，这个经过千锤百炼而验证了的美丽童话，就像那些在半空中飘舞的美丽雪花，落在地上都悄悄地融化了。此刻我在这里，就相信这是个落地有声的童话。

雪花飘舞，钻进我的眼睫，沾上我的肌肤，托举着我的心灵和躯体，还有一双温热可牵的大手。明天北风会把雪云吹净，天会晴朗，可此刻让我相信这样的让人飘飘欲仙的情境，让我领悟理想的完美是如此的可遇，相信二十九个夜晚月亮的缺失也会有一个夜晚的圆满。

人们说世上有许多可遇而不可求的事情，尤其是热烈的情爱，就像我此刻沉溺于雪花营造出来的蒙眬如童话般的世界，明天就会迎接明媚的阳光，可是当太阳照射得焦热，又会躲进云彩的荫凉，有什么东西会是一成不变的呢？于是我坦然地坚信起你的信念：平平淡淡才是真，磕磕绊绊才长远。可是这一段如此偶然又短暂的路程，它在那里，它是

如此的真实而美丽。

天涯的尽头有一堆堆的礁石,这些平日里熟视无睹的事物,你却指着它们说在多年以前,这些礁石都曾经是高大的山脉,经过多年的地壳变迁和水蚀风化,就变成了现在这般的模样。你拉着我细看它们的纹理,那些岁月沧桑的纹理是天成的艺术,你说如果把它们描绘下来按比例放大,每一块礁石都是一座瑰丽的山脉;还有脚下的细沙,在多年以前,也都曾经是大块坚硬的石头,也是经过了多年的风化水蚀和大海磨砺,才变得如此的细软如绸。我仿佛微笑着从远古的蛮山上走下来,从远古的石砾中走出来,走到这片海未枯石却烂了的沙滩,走到这地老天荒的海之角与你牵手,这难道也是一场多年的相约?

雪花仍在不停地飘,尽管有我们的喧扰,这世界仍然静无声息,那是一种人声无力搅扰的大静。我忽然想好好看看这天与地在做什么,它们营造出如此曼妙的气氛在做什么。云俯在地上,轻轻地没有重量般地俯压在大地之上,雪落在海上沙上石上,轻轻柔柔绵绵地印在上面,继而深深地融化进去,我听见天地间轻柔而甜蜜的歌吟,我心悸动。天与地是在拥吻么?天与地是不能相吻的,一旦真的相吻,就像两亿五千万年前的一颗脱轨的巨型流星与地球之吻,几乎毁灭了地球上的一切生物。那这雪花,是天国里派来的爱情的使神吧,因为害怕撞击与灾难,所以派了柔软的雪花来,来轻吻它相思已久的大地、大海、沙滩、礁石和山川树木,吻了,融化了,渗透了,再吻,再融化与渗透,地球上一切的生物都依赖着这样的天地之吻而生存呢。

心底里有一块儿冷而硬的东西在慢慢地松软,雪花吻着大地,大海吻着沙滩,浪花吻着礁石;云朵吻着蓝天,太阳吻着月亮;昨天吻着今天,远古也吻着现在,那么就不要问我们有多久没有吻过,只请你在雪花里吻我。

# 海边的椅子

　　背靠银色沙滩，面朝碧海蓝天，海边的椅子空着，上面只懒懒地躺着些从斜侧里射过来的下午的阳光，还有海潮向前奔涌，似乎想跑上来坐在椅子上歇息一会儿。我从草坪那边漫步过来。

　　我在寻找一些东西，似乎我的一生都在寻找。秋日的大海，极目是海天的尽头，放眼是无边的空茫，我怀疑这个世界是否真的存在我要寻找的东西，有的时候，乐音渺渺，我觉得它是存在的，它无处不在。可当我靠近海边空空的椅子，又觉得它从来没有存在过。我坐过无数的椅子，可我身边的位置总是空的，所以当我走近这把椅子的时候，又有这样虚空感弥满了胸怀。

　　秋日的海水湛蓝，沙滩却有些惨白，旷远的海空充溢着腥凉的味道，斜阳似乎还有意烘托一些气氛。这个时节下海游泳的人已经很少了，大海一下子空旷起来，但来海边游玩的人还是不少，尤其是在这样一个晴朗的周末的午后。

　　浪潮把一些海草卷上来又卷下去，海草们仿佛都被淘洗成了长条形的透明的暖玉。浪花落下来摔碎了一些乐曲的旋律，只是那些乐曲不是出自于某个弹吉他人的手指间，也没有一双弹钢琴的手为它伴奏，海边的椅子还是空的。

　　碧海蓝天，谁为我拨一曲心弦，我的寻求大概就在那一曲琴弦之中。鱼儿在透凉的海水里拱动着火红的脊背，海鸥在雪白的浪花上飞舞。秋天过后就是冬天，你说你将用古老的马头琴为我伴唱《我和草原有个约定》，你说你将用变换的舞步陪我跳优美的华尔兹。你知道对于我来说，除了这样一点儿简单的向往别的什么都不重要，你知道这样一点儿小小的要求对于我来说却是精神的至高享受，是青春和美丽的全部。你能理

解我为什么这样诠释精神的高度和美丽的内容,知道我已经疲倦于让可怜的头颅脱离简单的身体,在每个星光灿烂的夜晚陷入繁复高深,甚至是夹杂着刀枪剑戟和血雨腥风的梦境,结果那些不正常的、缺乏质量的睡眠让我在次日的清晨思维混乱面容暗淡,让我无法歌唱我喜欢的歌谣,无法准确而美妙地跳我喜欢的舞蹈,而这些却是我身心之中的最爱。

爱只有在血液里流淌才会有生命,你还没有来,我的血液冰凉而凝滞,我的步履虚空而无痕,只有斜阳在椅子上暖暖地坐着,我靠上去。没有你,我只能靠近阳光,然后阳光就慢慢地融化,不知不觉流进我的血液,暖意慢慢地遍布全身。于是我就想,也许我寻找的不是别的,只是海边坐椅上温暖的阳光。

人因为麻木就容易懒惰,因为厌今就喜欢怀旧。前两天竟然翻出了梅艳芳的一首老歌,歌的名字就叫《似是故人来》。"断肠字点点,风雨声连连,似是故人来。"似是故人来,故人在何方,苦的是没有故人的音讯,更怕连故人也都是虚构的。

其时我刚从朋友的婚宴上出来,那是个五星级的大酒店,大厅被婚礼装点得富丽堂皇,前来贺喜的人挤满了大厅的每一张大圆桌,可大多我都不认识。新郎新娘经过大半个上午的修饰和化妆,潇洒漂亮得让人吃惊。婚礼主持人的高超演技,童男童女在新人的身后不停地吹着五颜六色的泡泡,无一不十二分地渲染和烘托着新婚的喜庆。我应新娘之约请为他们唱了一首《月圆花好》,"团圆美满春常在,柔情蜜意满人间",新娘幸福地递给我一杯红酒,我的任务完成了,我从婚宴上出来,立刻成了幸福美满的局外人。

这把椅子成了我唯一歇息的依托,世界一下子变得很静很空。听说人是不能孤独的,我就怨怪为什么我不能沉醉在热闹的婚宴上不醒过来,为什么不能从热闹的地方出来,再向热闹的地方奔去?商场、单位、家庭、聚会,热闹的地方有很多,其实我从来都离不开那些地方,可又为什么鬼使神差地来坐这把空椅子,而且被秋天的气氛闹得寻寻觅觅地怀旧起来?

　　而且在这里我并不能找到可以对话的人，我只能乱哼哼了几个熟悉的曲调，于是我想起了新近听到的一首歌。

　　秋天过去万物又都要归于萧肃了，可为什么那首歌的名字却叫《万物生》呢？我刚听到这首歌的时候并没有听清楚它的歌词，只是被它的旋律迷了进去。那旋律确切地说有些怪异，它不像民族的，也不像流行的，更不像美声的，稍有些像原生态，可原生态是质朴和率直的，而这首歌却是跳着叹着吟着拐着。然后我知道了它来源于梵文，梵文对于我来说是神秘的，据说那是非常完美的一种文字。难道这首歌的旋律就是梵的声音吗？然后我又找到了它的歌词，却又被那些歌词闹得神魂颠倒，以我贫瘠的理解能力，到现在也解不开为什么以这样的歌词，这首歌还可以叫做《万物生》：

　　　从前冬天冷呀夏天雨呀水呀
　　　秋天远处传来你声音暖呀暖呀
　　　你说那时屋后面有白茫茫雪呀
　　　山谷里有金黄旗子在大风里飘呀
　　　我看见山鹰在寂寞两条鱼上飞
　　　两条鱼儿穿过海一样咸的河水
　　　一片河水落下来遇见人们破碎
　　　人们在行走身上落满山鹰的灰

　　如果海边的椅子能够思考，它就会告诉我为什么白雪茫茫、黄旗飘飘、鱼儿寂寞、河水苦咸、人们破碎、山鹰成灰也可以叫作"万物生"。

　　可是我喜欢这首歌，虽然我不能理解它，而且自我安慰，喜欢并不一定非要理解并说明理由，我只需要反复地倾听，听它最后的旋律落在灰上，我的心却在灰里边跳动起来，快乐起来。于是我明白了一件事情，其实我也没有寻找什么，我只是要靠着海边的椅子，过着简单的生活，唱歌跳舞。

# 桐花盛开的村庄

人的一生总有看了一眼就忘不掉的人，也有看了一眼就忘不掉的物。

我乘坐狭小的大巴赶往京城，平原的大地上蒸腾着令人困倦的雾气。从很远的地方，那薄雾里隐约而见、愈来愈近愈真切的小村庄，就成了我见了一眼就忘不掉的事物了。

忘不掉它，时而在感官失聪的白天，时而在思绪荒芜的夜晚，头脑里就弥漫开它的影子，粉白色的，像一大片舞蹈的云朵，那是被一大片盛开的泡桐花笼罩起来的村庄。

很远它的色彩就牵引了我，很远就能感受到美丽与温柔，很远就能嗅到泡桐花的香味。汽车由远而近，又由近而远，我目不转睛，那开满桐花的村庄以喷雕般的速度印刻在我的脑海里。

在我的心里，它是平原里车尘外的一份意外的美丽，是清扫了困倦的一份惊喜。大概所有忘不掉的美好都有着如此相同的特点。在人海茫茫的大街上，忽然走来一个气若幽兰的女人或者目光如星的男子，你会愉悦非凡地记住了他或她，或者说记住了一缕香气，一束光芒；在苍茫荒远的海滩上，远远地发现了一枚闪亮的贝壳，你迅速地奔过去拾起它，收藏起一份大海的礼物，也收藏一段激奋的心情和一串追逐的脚印——人的生命是不断地需要一些东西来填充的，而用来填充生命的美好是可遇而不可求的，遇到了，就忘不了。

忘不掉的是它触动了我的麻木的神经，惊异于那些柔软的花朵，那种粉白的纯粹的暖色调，它们怎么可以那么的慷慨，它们温温暖暖柔柔软软地拥盖了一大片村庄，在红瓦房的檐角上方静静地挥之不去地散

放着它们的性情与芳香,那村庄该有几世里修来的福气,不禁让我长长地艳羡与冥想。

如果我烦了累了,可不可以住进那个小村。从那些花朵里我就知道那个村庄里没有噪音,年轻人在这个季节一定出去闯世界了,一些知饱知足的老妪和老叟,每天悠悠地从自家的红瓦房里走出来,看望一回自家的菜园子,然后休歇在开满白花的泡桐树下,聊一会儿天,然后满足地走回家去。或者有几个顽童,逗着狗儿猫儿,忽然发现了泡桐树上的鸟窝,噌噌地往树上爬,老妪和老叟们就开始叫唤"别摔着,快下来",然后下灶房做饭,炊烟就与桐花一起袅袅地布满了村庄的上空,静静的时而有几声懒洋洋的狗吠,而我希望自己躺在村里某间房子的小炕上,被花香和炊烟催眠着,恬静而微笑着入睡……

忘不掉它就像忘不掉的一个梦,祥和、快乐与轻盈,温柔、美丽与宁静,仿佛在那个小村里都能找见。近来有一个话题总是让我喜欢参与,就是朋友们一起闲聊,说等到老的时候,找一个有山有水的地方买片地,盖片房,栽片树,种片花,再养上几只猫儿狗儿,过田园的生活去。这话题让我听了就心里发痒,就立刻想到那片桐花盛开的村庄。

也许,一个桐花盛开的小村,就是一片心灵上没有疆域的世外桃源,一个可以只管饿了就吃、困了就睡的地方。或者,真的有许多人,等到忙得头发都白了,追得身心都累了,在这个世界上制造的成品和垃圾都太多了,就会向往着这样的一个小村,向往着一种干净而简洁、安宁而无忧的回归。

而我在匆匆的旅途上遇到它,真是一件很幸运的事情。只是不知道那个小村叫什么名字,或者就叫"桐花村"?

# 香　月

　　香月从山坡上跑下来，发丝沾满阳光，手里的野花舞动，淡黄的花粉散溢出来挂在她的笑靥上，这是春天，香月的春天。

　　田野的风里有布谷鸟的啼鸣，鸟音追着香月跑下山来的脚步，山的下坡路不断地加强她身体的惯性，春天的惯性，还有风的、花香的惯性。路边犁田的农夫抬了一下眼，笑着摇头：这疯丫头！

　　疯丫头风一样掠过农夫的田边，却在前面的坡路上以惯性抗拒不了的力量收住，怦然的心和晕红的脸朝前甩出很远，一直落在迎坡而上的男人的脚下。

　　男人在香月的意中，白天、黑夜、心里、梦里，可此时他在香月的意外。如果顺着下坡的态势，香月的轻盈、快乐和芳香会满满地撞进男人的胸怀。可是意外把她蜂拥而下的脚步戛然收住，把她明媚飞扬的心突然戳了一个坑，使她突然发出惊悸和颤抖，让她身心里所有呼之欲出的东西，突然朝着它本身相反的方向折转，让她禁不住笑容凝滞，声音发冷，只有花瓣纷飞，像是和男人打了个招呼，又像是以这种方式瞬间把男人甩在背后。

　　听见乐音不反应的是聋子，看见光亮不感觉的是盲人。春天里手握鲜花的、从山坡上被阳光和花香簇拥而下的少女，是可以让枯枝返青、让专心耕作的老农也禁不住眼前一亮的发光体。她从男人的眼前闪过，即使用力收敛，也收不住那些四溢的光艳。可是男人好像真的是盲人，只有嘴角朝上翘一下算是打了个招呼，头颅仍埋在宽大的肩胛里。待香月本能地把目光折转回去，从下往上望他的背影，觉得他的头颅似乎被什么沉重的东西压着，香月知道那些沉重的东西是什么，可那只属

133

于他自己,与她没有任何关系。

可是香月凭什么把一个少女刚刚萌生的爱和梦想,都倾注在一个对她仿佛熟视无睹的男人身上?只有香月才把他叫男人,一个刚满十八的、比香月只大两岁的大男孩。也许这个年纪的香月就是梦,梦注定要如雪花一样飘飞,注定要附着在某件物体上面,而他的肩臂正适合了雪花飞舞的宽度,挡住雪花翩然的去路,使她粘连,使她体贴,使她融化。因此她开始把他叫男人,似乎这个称呼才适合那副宽肩膀,而且还暗藏着温暖和安全感。于是她就让他天天在眼里,夜夜在梦里,她就把他坏坏的笑装满胸怀,还有他和别的男孩打架时骂人的话,也都像收藏音乐似的装在自己的耳朵里。

她一直远远地、跟屁虫似的望着他反挂在脖子后面的书包,悄无声息地跟着他长大,永远羡慕他比她高出的那两个年级。她的梦是翩翩飞舞的雪花,就这样悄无声息地美丽了许多年。而十八岁成为跨越年轮的分水岭,他先跨到那边,把她甩在这边。他有了未婚妻,虽然并不是他的情愿,虽然是他的父母硬给他私定的亲事,可是在香月的眼里,他一下子成了另外一个男人。有一段时间,她的世界变得黯然,从此与他不期而遇,她总是把眼皮严严实实地拉下来,作为遮挡春光流溢的屏障,男人用什么样的天眼,才能透视到少女的心事。

可是香月并不十分相信,他最终真的会把那个大他将近五岁的女子娶回家,她知道他目光里的坏和叛逆,还有那些活力四射的野性,那些为大人们深恶痛绝且压扑不灭的东西,竟成了她的所喜所爱。所以当她听说他以离家出走为威胁抗婚时,并不感到意外。而当她像光艳的鲜花一样从他的眼前飘过,他却像盲人一样视而不见,他正陷入一种不能自拔的抑郁,却不知道抬起眼来,从扑面而来的芳香中吸取一点儿光亮和希望。而香月也从没想过和他多说一句话,更不会跑过去和他站在一起承担或对抗一些什么,她的羞涩和矜持是年龄揭不去的面纱,她仅仅在自己不为人知的小世界里,把与他相恋相爱的梦做得枝繁叶茂,天花乱坠,而又以比做梦还要大的力量掩饰那些梦。

　　香月真的做梦了，梦见一个黑黢黢的夜，他在窗外悄悄地叫她，她急急地挎上收拾好的东西，和他私奔！夜黑路陡，那条私奔的山路走不出尽头。突然他摔下石崖！她大叫，惊醒，一头冷汗，惊恐地看看睡梦中的父母，害怕他们听见她在梦中叫他名字的声音。

　　他真的离家出走，或者说私奔了，只是他是自己走的，没有带上香月，他怎么可能带上香月，梦在现实中根本没有半个枝叶的存在。可是香月却高兴，他走了，她从内心里高兴。没有思念，没有担忧，更谈不上痛苦，那些都不在她那个年龄的生活范围内，她甚至不知道他的出走应该是沉重和无奈的，她还不知道什么叫沉重和无奈，她只是让自己的梦跟着他飞出去，飞出她从没走出过的小村庄，飞到外边的那些未知的广大世界，即使不知道那个世界在哪个方向，即使从来没有过他的音讯，她的梦也一直在飞着。直到她的母亲对她说她已经到了嫁人的年龄，该提前选定个人家了，她才如梦初醒。

　　香月似乎都用不着考虑，就坚决地拒绝嫁人。好像也没有什么充足的理由，离家出走的男人已经给他的父母捎来信息，香月已经知道他落脚在 A 城并有了一份工作，而大他五岁的女子早已嫁了别人，他已经不用害怕包办的婚姻了。可是他并没有回来，更没有给香月捎过任何的信息，他们之间根本就什么都没有，有的只是香月心里的一团雾水，一片自己也找不到根底的迷蒙，一种激励她向小村以外的世界出走的力量。她该去 A 城，可她偏偏背离自己的心事，去了 C 城的姨妈家。

　　发光的东西不论到哪里都掩不去它的光泽，就如星星，就如月亮，在乡村的山水间明亮，在城里的人群间也明亮。香月的光亮在城里的一个小印刷厂里照见了一排宽肩膀，香月的梦飞过这些宽肩膀的时候，乡村里那个让她在梦里喊他名字的男人的肩膀，已经淹没在城市的人海中了。

　　只有一件是香月做多少梦都没想到的事情，在他离家四年、她离家两年，一个麻木无知，一个梦离魂迁；一个在东边的 A 城，一个在西边的 C 城，看上去根本不可能有所关联的两个人，却有一封信从 A 城飞到

了 C 城。他竟写信给香月，他竟知道香月的地址，他的信竟带着香月手握野花从山坡上朝他跑下来的芬芳和光艳。从脖子后倒挂书包开始，这个让香月追随、梦想了十几年的人，原来不是麻木不仁，原来如此有情有义，这应该足以让香月震颤，就像当年跑下山坡时意外撞见他的时候一样。可是香月只是笑了，很开心地笑，然后把信扔在一边，很随意的一扔。

香月的回信就如一片失去水分和叶绿素的树叶，那么鲜嫩的春都过了，那么水绿的夏也过了，落在秋水里漂向 C 城，从此杳无音讯。

# 中秋醉话

　　我喝了一大杯铁骑王,有点醉,浑身都有些发软。

　　别看我平时假正经装淑女,其实我从内心里喜欢醉的感觉,我觉得我天生就是个酒鬼,这感觉来自家族的遗传。

　　听说爷爷的爷爷是因为贪酒不务正业把原本殷实的家业给过穷的;爷爷在世时我记得很清楚,他最好的朋友只有一个,就是当地有名的酒鬼,那个酒鬼爷爷喝醉酒的时候,嘴里的笑话就像泉水一样喷涌不尽,所以我非常喜欢在他们喝酒时凑过去听他们讲笑话;而父亲更是当地有名的酒鬼,几乎是每喝必醉,喝醉了不高兴就训人,高兴了竟然能借着酒兴吟诗作对,颇有太白之风。所以从家族代代相传的迹象来看,我就应该是个酒鬼。

　　可说起来也有趣,我周围的人竟没有人知道我能喝酒,这归功于我能装。说装似乎是有些委屈自己,因为我只有和一个朋友在一起时才喜欢喝酒,也就是说我只有一个酒友,这一点很像我的爷爷。我唯一的酒友与我同名,也叫梅。

　　梅来自内蒙古大草原,是她给我介绍了来自草原的纯粮烈酒铁骑王。仿佛这酒里真的隐藏着成吉思汗铁骑的蹄音,我一开始只喝了一点点, 就被浓烈的酒气呛得直咳嗽, 而她一个人能喝一斤还只是微醺。自古都说"酒逢知己千杯少",可是严格来说,梅并不一定能称得上是我的知己,可是她胖胖的身体宽宽的胸怀,和她来自大草原的原生态的诚挚与豪爽很快就感染了我, 而当她带着微醺的醉意举起酒杯,高唱一曲草原祝酒歌时,我就禁不住把杯中的酒一饮而尽,而且全没有了呛人的感觉。

一定是我们互相喜欢着对方的什么,我们成了很好的朋友。随着与她和她的家人朋友一起的聚会与日俱增,我发现了自己在酒方面的潜能,我家族的遗传基因终于在这个时候显露出来了,以至于到后来梅的同样是来自大草原的丈夫都不敢与我比酒,不过梅的丈夫的酒量也比不过梅。

这回又和梅他们聚在一起,说是提前喝个中秋酒,因为怕一到中秋节都忙着各家团圆去了。与梅一起喝酒,只有一个"爽"字,说着喝、笑着喝、唱着喝、放心着喝、放开量喝,不喝醉就算不正常。

说我从内心里喜欢喝醉的感觉,这一点儿都没有错,因为喝醉以后我感觉到自己不再是我,我的头脑发热,我的肌肤、血管和毛孔都发热,连心脏也发热;我的脚底发飘,双腿发飘,整个身体都发飘;我周围的人与物比平日里可爱好多倍;我比平时不喝酒时无端地高兴好多倍,而且高兴得没遮没拦没心没肺,周围的空气都有了酒红的色彩,我的身体里飘进来一个仙境……这样的我真让我喜爱。

一个朋友伸出五个手指头在我眼前晃,问我是几,我故意说是六,博得大家一片欢笑。其实在意识的深处,我的思维异常的清晰,我知道我醉了,而且朋友们也醉了,我们可以借着铁骑王的劲道闹成一群放纵的孩子;我知道梅在喝醉以后喜欢举杯歌唱大草原的歌曲,我也喜欢乘着酒兴与梅合唱那首《蓝色的蒙古高原》。她的嗓音淳厚嘹亮,就像我最喜爱的草原歌手德德玛;我知道午夜分手时,梅在教导我那有些木讷的丈夫,让他发挥点浪漫主义精神挽着我回家。然后我故意跟他要赖,让他费尽千辛万苦地带我回家。

于是我在醉酒之中总结出一个关于爱情的真理,都说爱就是理解和宽容,爱一个人包括爱他的缺点,而我以为能够爱一个人的醉态才叫爱。很少有女人喜欢她的男人喝得醉醺醺的样子,而让一个男人喜欢他喝醉酒的老婆,这就像奇迹。可是我感觉到挽着我的这个男人喜欢我,从他的胳膊和身体上,我能感觉到他对我所有醉态的喜欢和纵容,这让我很感动,其实本来我还没醉到发痴的地步,可因为他的纵容,我就有

些发痴,于是在他让我靠紧他走路的时候,因为身体有了依靠,灵魂就任性地游离了松软的躯壳。

我的躯体突然变得很空很空,我的灵魂也很空很空。在望不透、摸不见的月色里,四周的空冷是无边无际的,而只有他,让我靠着、抱着,我就是蒲松龄笔下的孤魂野鬼,他是我真实的依附,这让我突然非常地爱他,因为这一瞬间的爱,夜色的空茫被他并不高大的身躯填充得坚实而温暖。这一刻的坚实和温暖像酒香一样膨胀,一个疑惑也随即膨胀起来,这么大的世界,为什么他是我唯一能够靠得住抱得着的人,是唯一的连我的醉态也喜欢的人?于是他在这样的疑惑中变得很唯一很神奇,靠在他身体上的我也变得很唯一很神奇。我的灵魂在夜空中逡巡一圈后靠在他的身上,感到了坚固的踏实,却突然产生了后怕般的恐惧,就向他提出了一个匪夷所思的问题:五百年后我们是什么?而更让我匪夷所思的是,他并不把这个连我自己都以为是醉话的问题看作是醉话和疯话,而是非常平静地回答:五百年后我们都是土。这样的一个答案,让我放纵的肉体和飘飞的魂灵立刻合而为一,"噗"的一声落地成灰。

真的是落地成灰,五百年后我们都是土,他为什么不哄我骗我,说五百年后他还会让我靠着,怂恿我乘着酒兴哼唱那首《我和草原有个约定》,我最喜欢那句"相约去祭拜心中的神"。可他回答得有错吗?几乎一点儿错都没有!

五百年后我们都是土,这一个极其真实也极其残酷的现实从他的嘴里说出来,打碎我飘飞荡漾的梦想,让我心怀恐惧紧紧地抱住他。除了他,除了现在,我没有什么可以拥有和永恒,我握不住过去也握不住未来。他的肩膀是如此的坚实和温热,他的手臂是如此的温柔和有力,它们都会变为土吗?而他的手臂紧紧地拥住我,他也怕我恣肆的醉态终将成为土吗?那酒醉得有些悲壮起来,那个夜晚像世界末日一般的销魂。

# 醉

## 一、秋醉

一片枫叶醉了,醉了路人的惊鸿一瞥;一树的枫叶醉了,便醉透了满怀的心胸;一林子的枫叶醉了,才醉透了整个的秋天。

枫叶红了,枫叶把秋天喝醉了。

凄风冷雨、玫瑰凋谢的时候,杨柳梧桐枝上那么多的绿叶,见秋老去,也都作了散败的猢狲,秋曾一度伤感。菊能来与秋同饮吗?她只逞着菊黄色的妖艳向秋伸开魔爪一样的花瓣,贪婪地向疲惫的秋索取精神,也许在菊花的强盛里,秋从来没有感受过温暖。

所以枫来了,这个长着几个尖怪的长角、不温柔也不圆润的生物,每年都专待着秋天疲惫的脚步,为秋烫好一壶飘香的美酒。秋天是忙完了收成的老农,顶着满头的夕晖,卸下一身的疲惫,与枫对饮,作势要不醉不归。

我禁不住窥探,大地、阳光、风霜雨露,它们给秋奉上了一壶什么样的美酒?这酒一定是浸透了整个春夏的色彩,吸足了千万朵花儿的芬芳,绝胜于王翰的葡萄美酒和王母的玉液琼浆,这样的酒饮一口都会醉的,何况这忙完了收成的老农越饮越贪,就把一张饱经风霜的脸醉成枫叶的模样,不次于五月间千百株怒放的映山红,也不次于七月的傍晚铺满西天的火烧云。

曾听朋友说去年的十月她去了香山,我充满向往地问她香山的红叶美吗?她只说到那儿的时候她醉了。有谁走进这样的红里不会醉呢,莫说北京十月的香山,就是眼前这珠山脚下的这么一片小枫林,也让我

醉得不知所以了。

在枫叶的醉红里莫要去寻找南北西东，在整个的秋天都醉得眩晕的时候，在满世界都醉得迷乱的时候，也不要徒然地去思寻春夏秋冬的界定。秋枫贪过了美酒，如同一个俄罗斯狂醉的酒徒，醉舞在新西伯利亚古老的街头，把凝结的寒流舞成涌动的热浪，他那里不是冬天。在"万山红遍，层林尽染"的时候，这一刻也不是秋，那一刻也不是冬，遍地的风吹落叶也成为百花园里飘舞的彩蝶，满园的花草凋零也成一片晕红的浪漫，怪不得人们会把曹操酒后横槊所赋的诗句吟咏了这么多年："慨当以慷，忧思难忘；何以解忧，唯有杜康！"

枫叶红了，醉红了秋天，秋天醉了，醉成了酒仙。虽然秋不懂得"古来圣贤皆寂寞，唯有饮者留其名"的诗句，可它却深解得醉的酣畅，也亏了这一醉，就无意间留下了"停车坐爱枫林晚，霜叶红于二月花"的千古美名。

醉就醉吧，为何把我醉酒的瘾也勾了起来。


## 二、酒醉

大概也是枫叶红了的季节，朋友说好久不见也该敬我一杯了，我说没问题你不怕折寿我就敬你一杯，一扬脖喝了一杯；又说好事成双，敬酒可不能只敬一杯，我说没问题再来一杯，一扬脖又喝了一杯；两杯酒下肚脸就热辣辣的烧得慌，可朋友又说桃园三结义，自古以来敬酒要敬到三杯才能表达出兄弟间的真诚。听了这话我看了看杯子里要着火了似的白色液体，眼一眨说，没说的，再敬你一杯。

三杯酒下肚，白色液体的火焰就呼呼地往脸上窜，像是要把眼睛和眉毛都烧着了似的。于是就发现朋友们都长得那么美，男的都像潘安，女的都像杨玉环；还有房顶的吊灯也是那么的浪漫，墙上的壁纸都有了非常柔和的立体感，满桌的酒菜佳肴散发出奇异的色彩和芳香，于是就美美地靠在椅子上笑。这种笑是醉与清醒的分水岭，越过了这个分水岭就进入到醉的境界了。

醉的世界就是这样的世界，所有的人和物在这个世界里都美不胜收，天花板成了旋转的舞台，墙角那些用石膏逼出来的扎人的棱线都圆柔了起来，至于其他的过去的曾经的忧愁的烦恼的等等，以及马上要评职称所面临的你争我夺的巷战，都在这个世界里飘摇成一缕酒香。想起刀郎一首歌中的唱词："如果那天你不知我喝了多少杯，你就不会明白你究竟有多美。"其实那不是男人的堕落，而是酒在他的脑海里把一个平淡无奇的女人变成了仙女，世上有哪个男人不愿追逐仙女一般的女人？从贵妃醉酒到现在，这千年的时间里有多少男人憧憬着大唐那酒后的美人，却不知那美丽的贵妃是怎样在酒里把宫廷的冷酷和丑陋幻化成痴迷的美，所以她面如向晚红云，笑若石榴露齿。她醉了，醉了想她爱她的人，也醉了宫廷醉了历史，这一醉就是一千年。

我终于明白了这世上为什么有这么多人迷恋着酒，不用说李白酒后诗百篇，不用说湘云醉眠芍药花，就说那市井之中的酒徒酒鬼，在他们那邋遢的东倒西歪的身形之中，也有一个仙境一般的世界吧。就像我平日里须得一本正经地装淑女，而此时就可以不知所形，如此放心和放纵地笑。失恋后的伤心人可以把海誓山盟的情书付之一炬，酒醉后的红尘人也可以把所有的烦恼琐事付之一笑，只有此笑才称得上是真正的酣畅淋漓。

# 咖啡情结

    难得有一天的时间是完全属于自己的，睡觉、做梦、醒来，蓬头垢面。为自己冲一杯咖啡，为了咖啡去洗脸梳头。

    喝咖啡不是我的日常爱好，这一桶包装精美的咖啡，还是朋友送的。这种在西方人那里像茶一样的普通饮料，却被我像文物一样摆放在博古架上，时间长了，它透出一种浓艳的寂寞。

    冲开这样的寂寞是需要精心准备的，要隔开大的喧嚣和小的吵闹，水要过滤得纯净并烧得滚烫，杯子要修长和透明，动作要轻柔，表情要带着点微笑；音乐就不要了，以免把那点微苦的味道演绎得夸张或变形；但孤独是不可少的，只有孤独才能渗入寂寞的内心，与它一起在滚烫的水中发生亲密的纠缠。

    把这些调剂好的东西浇在杯子里凝固的咖啡颗粒上，咖啡的颗粒像昙花一样绽放。别指望像欣赏茉莉花茶在杯中开花的姿态一样来欣赏咖啡的花朵，茉莉花茶是纯东方式的清淡柔曼，而咖啡，本来就是舶来品，即使在博古架上静寂千年，也淡不开西方式的浓烈情结。我用纯东方样式的细长的匙子来搅动它，慢慢地搅动，它还是翻江倒海，像夹带了泥沙的黄河水一样混浊，而且我一直也找不到另外一种颜色来比拟咖啡色，这是一种浊重的、激情的又暧昧的色彩。

    我喜欢这种颜色，喜欢在死寂的、空白的、没有色彩的时间和空间里冲开它。在这样的情境之中，咖啡成为一种明艳而凝重的填充，成为一段虚无时空的中心；它是以 100 摄氏度的沸水为熔点的温情和细语，是固体浓情的消解和融化，是江河，是火焰。在这个时候，有几组反义词会同时出现：白与黑、淡与浓、静与动、实与虚、自然与造作、死亡与复

活,咖啡在它消融于水的时刻,把这些词语清晰地呈现并快速地混淆,激腾起浑浊的漩涡和微苦的味道,透过视觉和嗅觉使我由衷地微笑。咖啡透过微笑穿越我的胃进入毛细血管和神经末梢,达成一种奇异的清醒和激昂,这样的感觉迅如闪电,可没有任何其他光源能比拟它耀眼的光芒,它深化了一种理解:美丽的东西总是短暂的,而喝下一杯咖啡,就等于抓住了一个短暂的瞬间,抓住一个瞬间即是一种永恒。

我对于咖啡的特别喜爱,大概就源于此,对于喝咖啡的时间与空间要求的苛刻,也是源于此。而我不敢有太多的贪图,待到咖啡的热气消散,还有一组同义词与它的余味同在:孤独与寂寞,也就是一个人与一杯咖啡,除了这,再也找不到别的。

有人劝我多喝茶,说喝茶对身心有很多的益处,比如去火清毒,调养性情。我很羡慕那些谙熟茶道的人,茶是属于情致的,可一直以来,我不敢贪图那种情致,不知道为什么那么淡静柔曼的东西,却搅得我目光如烛、夜不能寐。而咖啡的劲道,来得迅疾去得利落,还有茶所不具备的一种诱惑,在我,它似乎只属于我一个人,最多属于与我头脑同在的两个人;它属于一个梦,一个睡醒以后的白日梦;或者,它更像一个情人。

情人是一个美好的概念,可如今已经掺进了许多暧昧的色彩,这与咖啡有着共性。情人不是茶不是水而是咖啡,要他诚恳、激情、浓烈、浪漫,要他像博古架上的咖啡一样封得住这些珍贵的特质,甘守寂寞地看着你每天白开水一样的生活,然后偷一个与你单独相处的机会,变成昙花,变成黄河的水,变成闪电,变成罂粟的粉末……无论如何,咖啡好像总也逃不出小资的颓靡与邪恶的诱惑之嫌疑。

喝咖啡不是我的日常爱好,只在一个难得颓靡的日子里,我与它偷情般会合,尝一点儿回味无穷的苦涩,然后把它封好放回到道貌岸然的博古架上,在那里,它依然诚恳、浓烈、激情、浪漫,却寂寞。

# 此泪无声

命中注定把我的一生交付给这样的两个男人：一个是硬得像石头一样的父亲，另一个是硬得也像石头一样的丈夫。

从小在父亲的羽翼下成长，长大后丈夫接替了父亲的职业。所有成长和生活的经历告诉我，眼泪不属于男人。

小的时候在父亲面前哭过多少次记得不清楚，大了以后又有多少次在丈夫面前挥泪如雨也已经记不清楚，如石头一样坚硬的男人只充当安抚或沉默的角色。有时石头的强硬会把我的眼泪碰碎撞伤，我恨他们，就想折腾他们也痛苦流泪，可不论什么样的折腾都是徒劳的，石头不可能有眼泪，我失望后就这样想。

刚才丈夫还在陪父亲喝酒，像两个江湖上豪爽的酒徒，大着嗓门，要肺腑相见、披肝沥胆似的。我和母亲则忙着收拾行李和预约车辆。

我们只待了十来天，是专为庆祝父亲六十六岁大寿的生日回来的。父亲一生好酒，丈夫也喜欢陪着他，喜欢听父亲乘着酒兴谈古论今或是讲他一生经历过的传奇故事，我也喜欢听，所以他们喝着酒我就经常凑在旁边听。

今天是我们启程的日子，午饭他们还是喝了点酒，丈夫说了些祝福的话，父亲高兴地大笑，丝毫没有要离别的气氛。车子如约而至，小弟帮着把提包搬上车，我和妈妈说着话就上了车。多年工作在外，这样的来去都成了常事，妈妈也不像我们刚离家时那样爱流泪了。

我们上了车，和家人挥手告别。就在我随手要关车门的时候，父亲突然一步抢了上来，一把拉住了我的手，却一声不吭地望着我。我有些吃惊地看着他。在家待了十来天，好像才清楚地看见父亲的眼角和脸上

纵横的皱纹和头上大半都已花白了的头发，而且此时，我竟然清楚地看见有两行眼泪从父亲的眼角急急地流了下来，接着一股连一股地往下流，眼泪顺着脸颊流进纵横交错的皱纹里边，我第一次明白了什么叫"老泪纵横"，可是我一下子没有反应过来，这个曾经闯过多少个鬼门关，当他在派系的争斗里蒙受屈辱的时候，在他最小的儿子因精神疾病走失的时候，在母亲重病被医生宣判死刑的时候，他都从没有流过一滴眼泪，他怎么可能在这个小小离别的时候流泪呢。

车子还是开走了，我被刚才的镜头摄住，好半天说不出话来。女儿问妈妈怎么了？这一问就把我的眼泪给问了出来，而且眼泪流开了好像怎么也收不住，女儿见我流泪她也流起泪来，可我怎么也不能相信，丈夫朝着车窗外望着的眼睛也充满了泪水，他看了我一眼急忙把眼神躲开，好像他不好意思在我的面前掉眼泪，可我分明看见那些止不住的泪水还是从他的眼里流了下来。

我的心刚刚被父亲的泪水装满，接着眼前这个男人的眼泪又涌了进来，像涨满了潮的海水，无论如何都按捺不住地鼓胀，无言良久……

我的石头没有眼泪的顽固想法第一次被这两个男人的泪水给打破了。我想世界上什么才叫贵重呢？比如金子，比如钻石，它们是非常贵重的吧，之所以贵重是因为它们极其的稀少。那么石头的眼泪，我没听过也没见过的石头的眼泪，有着我掂不动的金子或钻石的重量。

只是想，我需得把父亲的年龄减去六十三岁，退回到他还是一个三岁孩子的时候。三岁的孩子在找不到母亲的庇护时，一定会毫无顾忌地哭泣流泪，父亲到了又一次需要庇护的年龄了。

岁月是什么，这种无声无息也无形的东西，竟能把坚硬的石头软化成海绵，蘸满了岁月与真情的血液，轻轻一挤就会流出泪来。而一块海绵的泪水会如此有力地把另一块和他息息相关的石头软化成海绵，唤起他隐藏在生命深处的血性，同样的一挤就流出泪来。

我的想流就流的眼泪在他们那里真的是轻飘飘的没有重量，所以他们从不因我的眼泪而流泪，却只让我的眼泪落在他们坚硬的石头上

慢慢地渗透或风干,而我的长期以来的偏见造成的对他们的怨愤,让我先是逃离了父亲的庇护,然后又想逃离丈夫的牵系,因为有时我想石头固然能成为不可动摇的保护屏障,但同样也会让我窒息和受伤。可是就在这两个男人的眼泪让我毫无思想准备地涨满心灵的时候,我那自私的想法带着羞愧逃走了。还有什么能比石头的眼泪更有力量握住我的生命,让我此生无处可逃。

对着丈夫羞涩的泪眼,心里充溢着父亲满脸纵横的老泪,禁不住的泪水默默地流淌,此泪无声……

# 你的脸上有个痘痘

让我看看,你的脸上有个痘痘,千万别挤,一挤一个坑。

你的一头黑发好漂亮,像黑色的绸子,把马尾扎得高一些,你的小圆脸儿很适合扎高高的马尾辫。

看你的小蛮腰,小的时候胖得像个小木墩,这会儿伸展成小柳条了,还有屁股也翘翘的……你蹦跳着做了一个优美的造型,说她们说的你该翘的翘,该凹的凹,该细的细,该鼓的鼓,女孩儿该有的你全有了,说着仍然顾自蹦跳着,我看着你,目光里骄傲得一塌糊涂。

你抱着糖果盒不停地吃,我说你不能再吃了,这样吃下去小柳条又变成小木墩了,我得把糖果盒藏起来,每天只给你留两三颗。

你在超市里糖果副食那几个柜子前忙活,挑选着你喜爱的杨梅果脯等酸甜食品,我说你喜欢吃什么只管装,我只管付钱。

在服装店你看着各式各样的漂亮衣服眼睛亮亮的,我说你选吧,喜欢哪件我给你买哪件,淡黄的小短裙、紫色的紧身小上衣、雪白的休闲运动服、黑色的小舞裙,你蝴蝶一样换来换去飞来飞去,激荡着我心里水一样的幸福。

你在沙发上独占电视大看明星歌会,我凑过去和你一起品评哪个女星唱得好哪个男星长得帅;晚上十一点,你在QQ群聊得热火朝天,我不敢打扰,只关照一声别睡得太晚然后悄悄地自己去睡觉;早晨过了九点我不忍叫你,过了中午十二点,我开始不停地叫小懒虫小懒猪不能再睡了,再睡就睡傻了,连哄带拽把你从被窝里拉出来然后去做你喜欢吃的牛肉咖喱饭。

我这样宠你,我就喜欢这样宠着你,我发现这样宠你我很任性,可

我就想这样任性,因为我觉得这样宠你的机会是如此的少。

三岁时你玩电源我狠劲打你的手痛得你哇哇大哭;五岁时你走路总是摔跟头膝盖都摔破了我还在训你不知小心;七岁时你练琴改不过指法的错误不是挨训就是挨揍;九岁时你把汉字写得一路歪斜我使劲地用筷子敲你的手指头;十二岁因为考试成绩不好我半个月没给你好脸色;十四岁我剥夺了你晚上看电视的权利;十六岁你把长发剪成毛寸只穿校服,和女同学一起吃饭别人以为她和你早恋;十七岁你从宿舍跑到操场再跑到食堂再跑到教室,三天忘记了洗脸过前厅时才想起去照照镜子……你的成长一定要经历这么多的苦楚,而我冠冕堂皇,说你是我的小树,我扶正你歪斜的树干修剪影响你成长的旁枝侧节,说健康挺拔的你是我的成果。

难道就没有伤害,难道就没有矫枉过正,年轻的我心高气盛,不懂得宽爱和娇宠。

因此我下定决心,从此以后我要宠你并任着性子地宠着你,你说要每门功课考优秀拿一等奖学金,我说只要把该学的学会就行奖学金并不重要;你喜欢弹吉他我给你买,你喜欢跳舞我给你买舞裙支持你加入舞蹈队,你喜欢参加演讲和朗读比赛我给你找资料提建议,你喜欢交往和旅游我给你足够的钱。

学习算什么,我都学了几大车东西,到头来还不是只用上几个英语单词,我都学得忘记了怎么玩耍怎么对待事务,到最后单位好位置好的不还是那些学习不好却有关系有后台的;我学得自恃才高目空一切,差点落了个大龄女单身的结局,那个你叫他爸爸的男人说,如果他不娶我我的结局会很悲惨。

而我只需要你快乐和幸福,什么名家名人女强人,说起来都有些可笑。我已经胸无大志,我只让你依偎在我的肩头,听你小猫一样一声声叫我妈咪,我要把你打扮成像粉团一样的小公主,让你做你想做和喜欢做的事情。我不在乎你给我争得什么成绩和荣誉,我只要你成为一个会撒娇的美丽又快乐的小女人,将来嫁给一个像我一样把你视为生命的

大男人。

你说你喜欢上一个男生，我一点儿都不反对，我要鼓励你去爱一个人，在爱中迷失一回你自己，只有这样你才能找到爱的方向。我无法教给你爱情这门功课，我只能放任你朝着那个课堂走去，并时刻准备着拥抱流泪而归的你，治疗你可能受到的伤害。

本来我想你不只是属于我的，你还属于社会，属于未来的某个男人和未来你自己的工作和生活，等到那时，你从我的小巢里飞出去，我就解放了，我就可以过自己想过的生活了，比如归隐田园，我喜欢那样的生活。可是我发现我根本无法归隐田园，即使你飞出我的巢，即使你顾不上回头看我一眼，可是我仍然看着你，用心的翅膀追随着你，你笑我幸福，你哭我痛苦，如果你在黑夜迷失了路途，我会立刻飞去把自己烧成一盏灯，最终的情况不是你属于我，而是我属于你。

这有什么不对的地方吗？我无法去想。你亭亭玉立地站在我的面前，光泽胜过任何一颗美玉，我惊异你真的是我的吗，可你偎在我的怀里叫我妈咪，在这样的事实面前，我放弃所有的理智与思考。

我只端详你细嫩的脸蛋上圆鼓鼓的小痘痘，你说你对它深恶痛绝，可在我眼里它却亮晶晶的，我已经有多久不长小痘痘了，我的小痘痘都长到你的脸上去了。千万别挤，那可是青春美丽的痘痘，它在你的脸上亮晶晶地发光，我从此不再害怕老与死，因为我根本不会老去和死去，我已经在你那里复活且又一次焕发青春了。

# 肆

## 诗书音画

蒙娜丽莎的微笑
泉
黑色的星期天
倾听草原德德玛
读《沙原隐泉》有感
《夜宴》之色
雀之灵

# 蒙娜丽莎的微笑

毫无疑问,蒙娜丽莎是一个美丽多情的女人。美丽是可爱的元素,多情是迷人的基础。

有时,我会思考一个女人的生命,思考令人迷恋的青春。青春是什么,相比起来,青春只是一张亮丽的白纸,而年龄、经历、智慧、理想和艺术才是一幅画,像《蒙娜丽莎》。

不经历情爱的女人是苍白的,不经历性爱的女人是空洞的,不经历母爱的女人是残缺的,不经历苦难的女人是浅薄的。而且,作为一个有经历的女人,没有爱情的理想是死寂的,没有妖娆的野性是呆板无趣的,没有天真的孩子气是老朽腐败的,没有曾经沧海的透彻豁达和宽容的大爱是不成正果的。

而这些,蒙娜丽莎几乎全部拥有,我眯着眼睛望她。

望她一眼,她是一片摄人的光晕,柔和丰满,像蒙眬的满月。

望她两眼,被她勾魂摄魄的眼神定住,她的眼神,爱你诱你陷你融化你却瞧不起你,漫过你的痴迷斜睨向不可捉摸的远方。若是男人,你会觉得,你永远都想做她的情人却做不成永远,而那斜睨的情蛊却是永远的魅惑。

望她三眼,她眼角眉梢明暗柔软的情愫蓄成湖水,让你畅游和啜饮,像自在的鱼儿,湖水宽泛深柔盛下你内心无数的鼓噪。

望她四眼,她嘴角微抿,一抹恬静的笑意融进丰满的面颊,像满月起了微醺的醉意。

望她五眼,她的嘴唇稚嫩如婴,唇线还没有长得清晰,让你怜她爱她护她到内心里最柔软和纯净的部位。

再望她一眼,那月亮的面庞柔满的光晕高贵的姿态高傲的神情,你就迷惑,就不知如何是好,你在她那里得到所有的美、爱与安宁,得到满足和过滤,却仍是不满足,因为她无限丰富和复杂的诱惑。

毫无疑问,她绝不仅仅是一个美丽多情的女人。她是一个集合体:妻子、母亲、情人、小女孩儿、梦想的终极光芒——大地、圣母、天堂,她是伟大艺术家达·芬奇的完美理想,她是男人的梦中情人。

我,女人,在她微笑的表情里看见我自己;我思想了一下,在完整的一个她里看见达·芬奇;又反思一下,在她连城的价值和跌宕起伏的命运里看见男人和世人,于是,我永远倾心于这个倾世的微笑。

她爱她的丈夫、孩子和情人。爱人让她安宁,爱子让她恬静。爱情让她浪漫,野性让她妖媚,天真让她纯净,苦难让她深沉,智慧让她高贵,梦想让她迷人……贤淑、端庄、宽柔、多情、妖媚、性感、放荡、纯真、揶揄、忧伤……她只要一个微笑,就置世界于坍塌至男人于死地,幸免的只有傻子和盲人。

她是一个谜,让无数人前仆后继地探究和询问,却是越追越迷,使她产生了无限扩大的神秘、美、迷人、离奇甚至荒诞的效应,她永恒的魅力在于她对人的灵魂和肉体所施加的深不可测、妙不可言的影响,深入到你望不透她,微妙到看不够她,看深看久了便会入魔。她的本身就是艺术的奇迹。

拿破仑曾经把她据为己有,他把她挂在自己的卧室里,每天早晚独自欣赏一次,有时竟然对着她伫立一天半日,入迷得如醉如痴;法国已故总统戴高乐遇有棘手问题或心绪不宁时,便前往卢浮宫赏画,当他从《蒙娜丽莎》展厅出来时,原来的烦恼就荡然无存;铁娘子撒切尔夫人因无缘获得真迹,竟收藏了四幅赝品;更不用说艺术界无数痴迷的追求者和俗世里无数痴迷的发烧友。

研究她的构造和绘画技巧是愚蠢的,追究她是谁的妻子谁的情人更没有什么必要。她是达·芬奇的,是伟大的艺术家在她的身上寄予、蕴含和迸射的天才智慧和理想激情的火花,你能触摸到的人性、

灵魂、理想和艺术的高度才是她的真髓。她更是世界的，融入了人类的爱、美、欲和完美理想的追求，你飘忽不定的永不满足的心才是她捉摸不透的谜。

# 泉

　　安格尔思考、孕育并描绘了三十六年,把生命由富华之年描绘到耆耆老年,才产生了《泉》。三十六年,可以作三十六首诗,写三十六篇文章,画三十六幅画,可安格尔只让《泉》孑世独立,这不是五个商人出巨资竞相征购可以衡量的价值, 也不是做巴黎卢浮宫镇馆之宝可以体现的价值,它的价值在于全世界的人们看它一眼所产生的心灵触动,再看它一眼所感受的灵魂震撼之中。

　　以《泉》为题这并不为奇,可让这个题目从那个砖红色的瓶子里流淌出来,从少女丰满圆润的肩膀上流泻下来,这到底蕴含着作者怎样的思想和艺术的构思;少女肌肤的细腻与亮丽,形体的匀称与和谐,在西方诸多人体绘画大师的作品之中也并不少见, 可是少女的那种分明是不属于她那个年龄的肃穆与恬静, 她的婀娜的身姿与细泉的流泻几乎是天衣无缝的糅合,这到底沉淀着画家多少的生命体验和艺术追求。三十六年,不只是一个时间的概念。

　　蒙娜丽莎的微笑,曾经有无数的人阐发过无数的解读,可我却一直处于蒙昧状态,揭不开她那神秘面纱,她却一直保持着神秘的美。可是《泉》让我陷入,陷入了许久,总想着以一种方式自拔出来,却没有别的有力的枝杈可以攀附,除了文字。

　　当清泉从少女肩上砖红色的瓶子里流泻而下,背后的青山肃穆,青藤攀垂,山下的清泉粼粼积久成潭,我却找不到泉水的源头。可以肯定地说,那背后的陡壁黄岩不是泉水的源头,壁岩上垂挂的青藤不是泉水的源头,少女肩上的那个砖红色的瓶子,闪着精致的光泽,可它也不会是泉水的源头,少女脚下的那颗雏菊,那画面中不可或缺的美,它也不

可能是泉水的源头。那么整幅的画面中就只有那位穆然静立的少女，难道她就是泉水的源头？

安格尔是画人体画的高手，他一生在裸体素描上下过精深的功夫，他在裸女身上所寄予的理想是"永恒的美"。可是，在他七十六年漫长的绘画生涯中，没有一幅产生过《泉》这样的震撼效应，没有一幅达到过《泉》这样的艺术与理想相结合的完美，《泉》是安格尔艺术的顶峰，七十六年积聚起来的顶峰，那是一个让人高山仰止的高度。

那股流泻不断的清泉，与其说是来自少女，不如说是来源于画家对青春和美丽的诠释和演绎，以少女的美丽纯洁和清泉的奔涌不息演绎美的理想，这真是画家独出世外的心裁。在安格尔七十六岁高龄的笔下，那种青春的生命力是最美最令人向往的，那股闪亮的清泉从少女青春勃发的肩上流下来，流淌着画家对生命、艺术与美的强烈渴望，充满着对生命与青春的热爱和赞美，有幸的是，画家能够以他一生的艺术积累和技艺，以他一生的完美的艺术追求把这种热爱、赞美和憧憬表达到真正理想的境界，让后人从中感受到完美的艺术享受的同时，也获得震撼生命的体验和鼓舞，这正是成功的艺术作品的价值之所在。

粼粼的清泉来源于少女娟秀挺拔的身躯，来源于凝脂一般闪光的肌肤，来源于那纯洁的安宁静穆的神情和一颗青春的活蹦乱跳的心灵，正因为此，它的源头才永远不会枯竭，它流泻的身姿才如此的清亮飞扬；这一幅清清静静的《泉》，它来源于画家三十六年的生命与艺术的积累，三十六年的思索和追求，来源于画家生生不息的爱，来源于那如同夕阳一般美丽而强烈的回光返照，所以它才能够让世人景仰，才闪烁着不朽的生命力。

安格尔以少女为寄托挥洒他青春的理想，以泉为寄托流淌出他的丰富的生命蕴藏，还有一朵雏菊，我曾不止一次地想象没有雏菊的《泉》是什么样子，想到没有了少女与青春的征象，没有了以泉为润泽的生命，没有了以大地为根的花朵与半空中垂泻的青藤的呼应，那泉会不会枯萎，仅从这点来看，《泉》的构图的完美，比例、线条与色彩的和谐，唯

美的艺术体现倒列在画家的苦心,使观者产生的赞叹之情,那么老画家一生的良苦用心是否就是《泉》的源头?

七十六岁的艺术生命是让人敬仰的,我能望到艺术家生命的什么高度,探到艺术家艺术的什么高度,那一种清高绝俗和庄严肃穆,仍然是让我仰为观止。

# 黑色的星期天

我哭了,可是我没有自杀。

我相信我是待得太过无聊了,才搜了 *Gloomy Sunday*(《黑色的星期天》)来听,是出于一种猎奇,不相信这真是一个潘多拉盒子,一首魔鬼吟唱的歌谣,在这样的晴天白日里会把我的魂魄给勾了去。

如果只是一种对无望的爱情的伤心绝望,所有失恋的爱中人都曾有过,也不乏因爱的绝望而自杀的痴情人。可没有一个作曲家曾经把死亡和绝望的情绪谱写成这样的一首钢琴曲。这只是一个偶然,是伟大的音乐赋予 Rezso Seress,一个蹩脚的酒吧钢琴手的一个偶然。

如果只是伤心和绝望,哭喊一下,发泄一下,排解一下也就罢了,可它却是如此的阴郁,浓稠得化解不开的缠绵的阴郁。刚开始我还在轻松地看图片,可是有如滚雷一样阴郁的声音传进来,迫使我停止其他一切活动。我如同被雷击中,进入到一个极其昏暗的地域,我找不到具体的能够反射太阳光线的东西,我辨不清阴暗的地界里哪里才有方向,我的思维被 *Gloomy Sunday* 带进昏暗的底部。

在昏暗中忽然传出了绝望的呼喊,刺耳的声音让我的心在晦涩不明中突发惊悸,这分明是死亡的呼唤!忧郁和恐惧紧紧地摄住了我。死亡正在以什么方式走近,我为什么看不见,却如此清晰地听见它孤独绝望的呼唤。这不是短暂的戛然而止的悲伤,而是揪人心魄的死亡的缠绵。它在倾诉,仿佛有倾诉不尽的死前和死后的忧伤,没有半点生的欲望,仿佛只是为了死亡而倾诉死亡。难道死亡也可以如此体验和享受,才使这样的倾诉如此的缠绵不绝。

时空是黑色的,人们都去酒吧里狂欢,唯独一个绝望的人在漆黑的

屋子里陷入对死亡的迷恋,把死亡的絮语一声又一声地吟诵,一阵又一阵地陈述,如歌如泣,如醉如痴,仿佛死亡是可以让人狂奔而去的酣畅淋漓。魔鬼在此时满面笑容地走来,引领人走向那种凄厉畅快的戛然而止的美妙解脱。如果人的心里有魔鬼,这两个魔鬼一定是一见如故,一拍即合。

又有几声凄绝的呼喊,更加的撕心裂肺,绝望者从颤抖的喉咙中发出了最后的孤独的哭泣。他哭了,一个不能被爱的却强烈地爱着的人在哭,一声比一声更加的悲切,我继而听不见任何声音了……他把绞索套上了自己的脖子吗?他推开了黑洞洞的窗子准备好了像石头一样落下去吗?呜咽声重又响起,沉重的伤心欲绝的呜咽,我也哭了,可是我没有自杀。

我如此百无聊赖,让《黑色的星期天》突兀地闯进了自己的灵魂,猛然间像被巨大的海潮一样盖过来的忧伤所击中,沉入到海面以下的深处,看见浑浊而翻腾着的海的内部,我激烈地挣扎,浮上来急促地呼吸,血液突然加速地奔腾,伟大的 Gloomy Sunday,把我的麻木和慵懒打得粉碎。

我低下头接受如大山一样压过来的忧伤,如黑土地千百年来在自身内部孕育着的忧伤,如稻穗经过风吹雨打成熟后头颅低垂的忧伤,如少年的、青年的、成年的,那些数不清的青涩难解的忧伤。我感到了忧伤的重量,感到刺激我的负重能力恍然清醒和恢复的重量,Gloomy Sunday,这重量让我感觉到生命是实在的而不是飘浮着的。

在繁忙和杂乱过后,常会陷入一种突然闲下来无所事事的空虚,一种思想之中无物可以触及的空洞,一种对人和物失去感觉和爱意的麻木,一种流浪一般的生命无痕的忧伤,哀莫大于心死。Gloomy Sunday,我突然被疼痛击中,沉重的大提琴呜咽的低鸣,金属一般的琴键被死亡重重地敲落,我哭了,泪水流过,气息突然如此的爽朗。

潘多拉盒子轻轻地关闭,死亡微笑着收起尾翼。音乐是伟大的,它的足迹漫步天堂也涉足地狱。

# 倾听草原德德玛

　　海洋比草原深远但没有草原踏实，大漠比草原辽阔但没有草原繁茂，城市比草原繁华但没有草原淳朴，高山比草原精彩但没有草原坦率。

　　德德玛，从辽阔的大草原款款走来，舒放着有如草原般淳朴宽厚的歌喉，把草原的味道纯纯正正地带到气味混杂的城市。我从城市的缝隙中伸出耳朵，有一种力量把我从缝隙中拎出来。我退后一步回头，草原莽莽的绿色已把我身后的缝隙填充成一片绿地。如果从城到郊是一种后退，如果从现代到原始是一种后退，倒真的是退一步海阔天空。

　　我曾在失意时凝听邓丽君的缠绵与萎靡，失恋时凝听苏芮的悲狂，可当我沉浸于德德玛来自大草原的歌声，那一些萎靡、忧伤和颓废仿佛都在一种纯净与宏大中冲成了垃圾。

　　无边的绿色自天边滚滚而来，来自一曲优美豪放的《蓝色的蒙古高原》："望不尽连绵的山川，蒙古包像飞落的大雁……啊，我蓝色的蒙古高原……"任何一种颜色发展到极致都会产生变色效应，当晚霞红到发紫，当草原绿到发蓝，那不仅是高远和辽阔的极致，也是爱与深情的极致，那是草原人对大草原最深切的热爱。

　　草原人说牧人是孤独的，在辽阔的大草原，他长久地面对无边无际的寂静与苍茫，除了绵延的羊群，只有大地和太阳与之对话，沉默是他生存的状态，他需要倾诉内心的压抑，需要倾听灵魂的回声，于是他放开喉咙吟唱起来，那就是马背上的歌声，那样的歌声直接来自天与地，和着马头琴的旋律，纯净得只有亲切的叙述和原生态的古朴。

　　"我从草原来，草原那边花如海。"草原的花海在舒放的旋律中涌进

脑海。在那个成吉思汗弯弓射大雕的地方,不知道草的海洋和花的海洋是怎样的一种融汇,是草海之中有花海,抑或是花海之中有草海,总之那样的海太美好,美好得毫不费力地淹没了我脑海里存留的人和物,不论是过去的现在的,还是爱着的恨着的思着的念着的,都涤荡为一缕柔软的细沙,就如人所说,一个人站在塞外茫茫的大地上无法不渺小,同样一个人陷在"大美"之中也无法不苍白,当我自己也被大草原上花的海洋淹没,就化成了一缕塞外的轻风或是茫茫天地间的一曲辽远的歌声。

曾经无数次苦苦追究人生的真谛,却总是像大海中的一只小船无法握住自身的起起落落,却不知道草原中还有这样的一条小河,它的年龄连"古老的太阳也难以诉说",它的名字"问遍草原都还是沉默";它"没有惊天动地的喧响,只有无声无息的奔波";它"没有一泻千里的壮阔,只有在岁月之中写下的曲曲折折";它"无私奉献生命的乳汁,哺育草原永恒的绿色";它"一心扑向遥远的未来,甘愿在平淡之中追求生命的洒脱"。我不舍得删掉这些歌词中的任何一个字,它从大草原徐徐而来,不携带任何的虚饰,不拐带任何的弯角,可它的真实和坦荡足以震撼我的生命。不论什么时候,激流总要汇入大海,生总要归于死,如果生命拥有了平淡之中的洒脱,心灵就拥有了一片广阔如同草原的空间。

人不能增加生命的长度,但可以扩展生命的宽度。聆听来自草原德德玛的歌声,生命的宽度就延伸到了辽阔的大草原,放任思想和精神在马背上驰骋,驰骋过草原莽莽的绿色和天空无际的蔚蓝,驰骋过生命的琐碎,也驰骋过自身的悲与喜。胯下腾跃着骏马的鬃毛,西风掠着大地的鬃毛,向远方延伸而去……

# 读《沙原隐泉》有感

听田震的一曲《月牙泉》，总是在心海里幽幽凉凉地卧着一弯从未谋过面的月牙泉，却不知大自然中的如此美景只是让人生怜；住在号称亚洲第一沙滩——金沙滩的身边，深知道沙的细腻和柔软，却从不知道沙山——由如此柔软的物件堆积起来的也可以叫做山。读了余秋雨先生的《沙原隐泉》，大叹，此生不去月牙泉就空怀此心，不爬鸣沙山也枉为此生。

## 一、月牙泉

这么美丽的名字，让人不用谋面就能感受到她的娇丽，不用身临其境就能浸染上她的清纯。既然人们用一弯秀月为她命名，那她一定有着如月般的容貌和体态，有着如月般的品格和性情。可余秋雨先生见到她的时候，却发出了如此的感叹："再年轻的旅行者，也会像一位年迈的慈父责斥自己深深钟爱的女儿一般，道一声：你怎么也跑到了这里？"作者不赞美她的容貌，也不描绘她的美丽，而是怀了一颗慈父般的爱心，嗔怪起这位流落荒原的娇女，不由得唤起男人心灵深处的慈爱，也唤起女人天性中的自怜。

那弱女儿一般的月牙泉，"按她的品貌，该落脚在富春江畔、雁荡山间"，可命运造化，她却流落在了人烟稀薄、风沙肆虐的荒原，让多少怜爱和向往她的人徒生感慨和遗憾。可神奇的是，千百年来，不管是风沙弥漫还是星移斗转，她依然濯立于荒原而痴心不改，竟是世间少有的执著"。这里可曾出没过强盗的足迹，借她的甘泉赖以为生？这里可曾峰聚

过匪帮的马队，在她的身边留下一片污浊？可她依然如少女般美丽纯洁。人们用水来比喻女人，可有哪个女人能够有如这弯神奇的月牙泉？她饱经风霜却依然面如皎月，她柔如弱女却坚如钢铁，她蒙受了多少尘雨风沙却依然清纯甘洌。

读了余秋雨先生对月牙泉满怀怜惜的寥寥数笔，我忽然想到了《红楼梦》中那让多少人产生怜惜之情的林黛玉，那般的容貌与体态，那般的风流与才情，定是像极了月牙泉。只可惜黛玉徒有清柔如泉的外表，却没有如月牙泉那般坚毅顽强的品性，只会像温室里的花草一样在风霜袭来时可怜地夭折。只有那"人比黄花瘦"的李清照，写得"绣面芙蓉一笑开，斜飞宝鸭衬香腮"这样的锦字玉词的女人，才有如清泉一般的丽质。上天欲造就这样一个千古流芳的女人，使她的一生历经别夫丧夫之痛，又经再婚离异之苦，还有数年的战乱与颠沛流离、不尽的凄苦与孤独，可她一生追求爱情与真理矢志不移，吟诵出"生当作人杰，死亦为鬼雄"这一长多少华夏子孙威风和傲骨的千古绝句，那才是让中华大地都为之骄傲的月牙泉一般的女人。不知如今还能否寻得到如月牙泉一般的女人了，在这个大染缸一样的现代社会中，还有活得像月牙泉那样柔弱却柔韧，灵动却执著，容纳却清澈，艰难却快乐的女人？只有让生命不断地流动，让污浊不断地涤荡、让爱不断地扩展和升华的女人，才能与月牙泉媲美。

我又想到那些生长在荒野之中的小草，它们无人呵护无人照料，可正是因为不断地历经大自然的严霜逼打和野火焚烧，它们的生命才会愈加顽强和旺盛，才会在春天到来时如雨后春笋般疯长。其实真正健康和完美的生命少不了困苦与磨难的历练，困境和苦难是上天赠与生命的厚礼。月牙泉，也正因处境的荒绝而成就了她绝伦的清丽，因了环境的恶劣成就了她绝世的壮美，因了岁月的无情成就了她永远动人的清水柔情。因此，秋雨老先生那颗慈父一般的心该得到慰藉：那流落荒原的月牙泉，她已深得大漠荒原的厚赠和爱怜。

当一个人生于蛮荒，历经苦难与繁华，再回味那弯美丽的月牙泉，

就会知道,她独自久久地静坐在那里,有太多的寂寞也有太多的福气;在乌云蔽日风雨凄凄的日子里,她会彻底的孤苦无依,可是在没有乌烟隔阻的阳光里,她拥有着世上最透彻的美;在大漠狂风吹来时,她会痛苦地扭曲哭泣,可是在狂沙肆虐后,她会抚平自己的伤口,向着大漠透蓝的长天,展示她永不言败的微笑和摧折不垮的秀丽。即使九寨沟有万条清泉,又怎敢与这位卓立于天涯的丽人媲美?"漫天的飞沙,难道从未把它填塞?夜半的飓风,难道从未把它吸干?""但它是这样的清澈和宁谧……但它是这样的纤弱和婉约。"

我在内心里拥抱着这弯月牙泉,就像母亲拥抱着流浪归来的独生女儿,也像自己抱着自己。

## 二、鸣沙山

"软软的细纱,也不硌脚,也不让你磕撞,只是款款地抹去你的全部气力,你越发疯,它越温柔,温柔得可恨之极。"这温柔的细纱竟会让攀登它的人如此疲累、如此无奈、如此疯狂甚而生出恨来。读到这里,不知为何,我心中像爬行着一只小小的蠕虫,搔痒而又无奈。

我竭力地想弄明白这种无奈从何而来、因何而来。我回顾过去走过的足迹,看看正在踯躅的脚下,原来它们深一脚浅一脚,歪歪扭扭如此的水深火热;原来我不是在翻越一道荆棘横路的山梁,而是在摸爬一座不会硌痛勤劳的脚,却能拖累多情的心的沙山。每走一步陷下一个深深的窝,它是温柔的,因温柔而深陷,因深陷而慵懒,因慵懒而多梦,每一个梦都不知到何时才能清醒而脱脚前行。

大自然无意专宠人类,给了人笨拙沉重、无法飞翔的身,却给了人比鸟儿还要自由和高远的心。人要在这肉与灵、坠落与飞翔、现实与梦想之间游移和搏斗。聪明而又愚蠢、多情而又脆弱的人,常陷于重重的矛盾之中而疲惫不堪。其实人生就如奔走沙山,生活之中没那么多的奇峰峭壁,更多的是平缓柔和的有如细沙铺就的路程,想克服沙

路的吸力而健步如飞并不是一件容易的事情。有多少的人和事,又有多少的心和情,牵扯着我们的脚步,让我们一路左右摇摆、前后瞻顾,难免有时像醉酒般绵软无力,有时又如掉进陷阱深陷了脚步而无法自拔。如此摇摇晃晃地一路走去,谱成人生的一首曲曲折折、错综复杂的乐曲。

我不羡慕金戈铁马纵横天下的英雄,我羡慕那些深陷人生的纷扰,却能够深刻地理解它们,又能够超越它们轻盈上路而达到崇高境界的人。他们会在温柔中蕴含着不移的信念,会在流连中赏析美丽的风景;他们会给生命插上翅膀,可以傍着大地依着蓝天飞翔;他们在踏踏实实中也能如行云流水潇洒灵动,他们在一路的跋涉中认识并超越艰难的自我,拥有一份深厚的人情味,领悟到人生的至高哲理,"把自身的顶端与山的顶端和在一起,心中鸣起天乐般的梵呗"。

很小的时候,总是望着从南山顶爬上来的月亮想:等我长大了一定要爬上山顶摘下那轮美丽的月亮。长大后真的爬上了南山,可月亮却在更远的山那边。等再大些翻越了更远的山,月亮还是遥不可及。可因为那一轮明月,我走了许许多多的路程,见了许许多多的风景。追月是我最美好的也永远遥不可及的目标,可即使真的到达了目标,得到的又会是什么?"向往峰巅,向往高度,结果峰巅只是一道刚能立足的狭地。不能横行,不能直走,只享一时俯视之乐……"

人类终于实现了登月的梦想,可随之也无情地打破了"嫦娥奔月"的美丽神话,使地球人丧失了对月亮的无数美好的想象。其实人的痛苦往往在于总是因为达不到理想而烦恼,却不知美好理想的意义只在于对人生的一种引领而绝非终极之福;其实所有的困苦和幸福、所有的眼泪和欢笑都在一路的追寻之中。"每一次发现都是新感觉,每一次流泪也都是头一遭";"不管怎么说,我始终站在已走过的路的顶端……自我的顶端,未曾后退的顶端"。走过了却没有用心体会和欣赏,却有太多的望洋兴叹,那么人生还会得到和留下什么?其实每个人都在不断地征服自己不断地达到新的高度,可因为总是把

目光朝向高远,却反而看不见自己的身边已经拥有了那么多的美好,看不见自己的脚下原来是一片洞天福地。原来"世间真正温煦的美色,都熨帖着大地"。

　　我不再为没有见过月牙泉和未曾爬过鸣沙山而耿耿于怀。余秋雨先生感动着大漠的清泉与流沙,我感动着他的《沙原隐泉》。

# 《夜宴》之色

"篱笆绿"在离山顶上的盆地中犹如一片绿色的汪洋,还有那个皇室家族世世代代所独有的"绿色的眸子",憧憧地在皇宫大殿里闪烁。湖水、竹林、"绿色的水和水里的绿",那个被绿色的臂膀环抱着的小小宫殿,通往宫殿的白玉栈道,绛紫的天空,白白的太阳,云拢斜晖,金色的晕眩,一个少年毫不知情的急切等待,一个少女充满隐情的含泪奔赴。

这不是现实只是虚构,可虚构往往比现实更具诱惑力。文之用色如心之用情,情浓色重,情多色迷,这一个开头,就作势要把色用到极致了。

我之于色,大概天生多情,赤橙黄绿青蓝紫,无论是哪一种色彩的恰切和极致,都会致我于不能自拔的沦陷,实为"好色之徒"。而在我贫瘠的阅读中,除了《红楼梦》,再没有比《夜宴》更着意和铺张的用色了。佛语之"色"乃受惑之"身";自然之中,水之有色如春花秋月,天之有色如日月星辰;而世间之色,如桃之夭夭李之艳艳,如爱里生出的恨,恨里生出的爱,不同的色彩还被赋予了不同的立场和情感,如京剧脸谱中的红脸和白脸。而《夜宴》之色,在此外更多了谜和玄,就如张艺谋极尽渲染的唯艺唯美的银屏创意。

## 一、红

一袭水红色的便袍托着她荷花般的娇艳,婉从一出场就是红色,从水红色的便袍到玫红色的晨衣再到极品的、滴血般的、摄人心魄的"茜素红",从绛紫的阳光里到红烛煌煌的皇后寝宫,她一直罩在炫目的

红里。

作者不惜浓墨,冒着犯艳俗之不韪,浓妆艳抹地给婉披挂红色,然后用一个"肌肤如雪"把红色逼退,"国色"就这样跃然在深深的"篙笆绿"里,恰似万绿丛中一点红。在大自然,"万绿丛中一点红",所有的绿都是红的衬托,可是在"篙笆绿"里,绿的洪流诋毁了一朵花的艳红,一股占据了她的灵魂,一股侵入她纯洁的处女地,另一股占领了她繁茂的躯体,在绿色的征伐中,红早已残破凋零。可她却红得更加娇艳,她的娇媚令阴险狠毒的厉帝荡魄销魂,她的放荡让贴身又贴心的凌儿不齿。

"无鸾,请你不要用这种尖酸刻薄的口气和一个无助的女人说话!你懂她又有多少?"

是的,就连魂里梦里都牵挂着的人,懂她又有多少。那娇艳妖娆着的不是花乃是魂,花已残魂不散,你要去追她的魂,才能懂她的红,她是从一场帝王阴谋酿造的大火里来的,来时,耳边响着火光里父母凄厉的呼喊,她魂是被红红的火海和血海浸透了的仇恨,也是被俊美痴情的王子紧紧牵系着的爱情,这爱又是不沾半点火光和血光的纯。

这被恨与爱纠缠着的红,是红枕下藏着的见血封喉的鹤顶红,也是红袍里插着的青光闪闪的越女剑。隐藏,等待,周旋,在伴君如伴虎的日子,红是她无可选择和无法逃避的色彩,媚与荡是她仅有的武器。

"叔叔,我求你一件事",这声音暖暖的,湿湿的,充满魅惑地贴在厉亲王的耳边,"放过无鸾",她在用她可以蚀断君王骨的温柔保护着她的王子……

"叔叔,我就是要你的命……"红红的帷幔里娇喘和娇笑的声音里暗藏着多少的恨。

"要命也认了……"英雄难过美人关,最凌厉的帝王也逃不过这个色劫,婉看明了这一点,所以她越加妖媚,她甚至可以和他一起饮着葡萄美酒娇声笑语地欣赏忠臣良将的惨烈杖刑,还可以在思念爱人的梦里和残暴的君王寻欢做乐,谁能够读懂这个绝色的美人,他?这个凌驾一切的帝王在她的怀抱里也只是个白痴。

杂货铺里的密室低矮昏暗,陶土或青铜的坛罐却琳琅满目,一个佝

偻的老人不时地咳嗽两声，一个浑身上下包裹毛毡的人低着头进来，扯去毛毡，却是一个绝色的美人。

"东西在你身后的木架上。"她转身拿过一个小小的六角形陶土瓶想嗅一下。

"不能嗅！它的毒性是砒霜的一千八百倍！"

交代完毕，老人吞了砒霜流着鲜血去了，她干涩着眼睛紧紧捏带着陶土瓶回到深不见底的"篱笆绿"。

银色面具上的血窟窿压在心底快被压扁了，蜡烛淌着血红的烛泪，灯火在夜风里狂欢，婉的青丝在温泉里绸缎般柔软地滑过厉帝的掌心和肌肤，她从水中起身，俊美的脸如梨花带雨。从前，她与弑父母的仇人同床共枕，如今，她与弑爱人的仇人共浴温泉，她还与他对吟着"回眸一笑百媚生"，还与他交接着娴熟热烈的吻，而他分明在她的身体上感受到了哀伤，在她的舌尖上品尝到了痛苦和仇恨，他竟酸楚和怜惜她，还携着她的手对月盟誓"在天愿做比翼鸟"，在她"不负皇上"的誓言里眩晕，以为真的征服了美人的心，可能天下的男人都容易如此的不自量力。

"今晚臣妾要皇上的命……"贴在帝王耳边的声音依然软语温存，可她尖尖的指甲已被鹤顶红染得像燃烧的晚霞。

婉的红，有倾国倾城的美，有芙蓉出水的纯，有弱不禁风的娇，有翻红覆绿的荡，有泣血欢歌的妖，还有蛇蝎的毒和刀光剑影的险，不能不说，这红是"篱笆绿"里最大的迷乱，是《夜宴》的主色调。

# 二、白

无鸾身穿白色长袍在自己的天地里等待着他的心上人。在竹影憧憧的"篱笆绿"，在水波荡漾的"或越堂"，甚至在爱人水红色的裙裾边，这一袭白都是属于世外的，这白太温婉也太无拘无束，它无法融于浊重的绿和迷乱的红。

绿是不可抗拒的霸权,它掠夺了红践踏了白。黑白都颠倒了,所有的色彩都错乱了,绿色不是春天和生命的底色,而是在貌似繁盛的汪洋大海里藏满了赢弱、冰冷阴郁、强权淫欲和阴谋杀戮,成为一个毒蝎狂舞的绿色深潭;不说那迷乱的红了,就连那一抹淡静柔和的鹅黄,都浸淫了太多黑暗的阴险而无法面世。

无力挽回痛失的爱,无鸾毅然留下越女剑孤独的青光,只身逃逸在一个四面无依的水榭歌台。清亮的歌声,银色的面具,雪白的骏马,这就是让红飞青泻,让绿啼黑妒,也让荒野生香的王子的色彩,他银亮雪白,甚至可以柔婉青翠,只是他太接近于梦幻的颜色,在一个黑衣人到来后,骤然梦醒,揭开梦也似的面具,他还是擦不掉瞳孔里的绿。

一群黑衣人凌厉的刀枪棍棒,水榭里所有纯洁飘逸的白顿时陷入血泊浸透了血色,横卧在血泊里的白让人惊心动魄。

无鸾带着浓重的血色回归,变成仇人和爱人眼前的红衣骑士,面具除下,绿色的瞳释放出要吞噬一切的火。可是,与强大的黑马队对决,他最多只能战个平手。即使无力改变什么,他依然固执着一个真相和一腔儿女情长,他不在乎江山,他只在乎"真"与"爱"。又一场较量,他青盔青甲青木剑对抗黑盔黑甲黑木剑的方阵,他"将生死之战当成了一场表演"。

每一次出场都是一种意味深长的色彩。这一次,红的脸白的眉和白的脸红的眉一起,美与丑配合得天衣无缝,一场喜剧似的表演揭开了梦寐以求的真相,无鸾的色彩由梦幻变成了越来越清晰的青红与黑白交织的复仇。

## 三、青

青女,她是唯一一个没有被诋毁和漂染的颜色,一袭青色的衣裙,就如她的名字,一双黑色的大眼睛,就如天地初开时明澈的夜空。这一抹纯彻的青让红得炫目的婉嫉妒得快要发疯。

难以理解这一抹青色,就连如此明析色彩的我也难以相信,一朵无

意中兀自开放的小小花朵，竟从来没有失色和颓败过。

"茜素红"原本没有半点迷乱和血腥，它的红原本如青女的唇，是一层层叠加上去的少女的怀春梦和一腔无邪的渴望。可是它从青女手心里被夺走，成了别人的嫁衣，她又被指派给那嫁衣绣上金凤。

一双飞针走线的巧手，没有怨怪"茜素红"的背离，而是抚摸着红光里王子的身影，一针一线地绣着对心上人平安的祈祷。那一只盛气凌人的金凤也与她无关，唯独那一双傲视群雄的凤目，她为它们精选了黛黑色的丝线，绣上了一双黑色的瞳眸，一如她自己的那双透彻的黑瞳，要在那飞扬的红里看透那个迷乱的深宫。

"婉，是你么？"无鸾大醉后躺在她的闺房里叫着另一个女人的名字，可她的黑眼睛还是关注地望着他。

"今夕何夕兮？搴舟中流，今日何日兮？得与王子同舟……"青女的歌声充满了无限的温柔和抚慰。她甚至容忍他把自己当成婉，任他撕扯掉自己的衣裙吸吮自己的体香，忍受着一个少女从未受过的屈辱，只为能给他带来一点儿安宁，只为能看着他婴孩一样躺在自己的怀里，对着那个不属于她的梦诉说"我爱你"，她甚至还在银色面具的额头上印上深深的一吻，想让那红红的吻痕成为保佑他平安的一道咒符。

这是让人难以置信的爱，直到她不顾一切，独自餐风露宿赶到寒风刺骨的雪原追随她的王子，直到她赴死般地与一个没有灵魂的面具拜天地成亲，然后把刀刃横抹在自己的脖子上，才相信这就是青女的爱。

在《夜宴》中，这一抹青色是最有力量、最震撼人心的一种色彩，她让绿嫉红妒，她在迷乱的色彩中脱颖而出勇往直前，她甚至可以让百万雄师因她的纯洁善良和勇敢而撤兵休战走向和平。如果说婉的红让人怜，无鸾的白让人疼，那青女的青最让人感动。

## 四、最后的晚餐

洞明真相的王子死了，明月见证了婉与厉帝誓不相负的旦旦誓言，

契丹退兵的五千里加急喜报刚好来临，夜宴终于要开始了。

江山美人在握，王道干净王途坦荡，大宴群臣的皇宫里灯火通明金碧辉煌，所有的色彩都朝着这个最繁盛的地方汇聚：茜素红携着及地的长发和如雪的肌肤款款走来，指甲里闪烁着鹤顶红的火光；化妆室里一件白袍加身一副银色的面具上脸，一个神秘人物的体内燃烧着胡旋舞的余温，余温里跳跃着一群张着血盆大口的苍狼；殿外，一颗苍白的心套上了盔甲，鞘中的雕翼剑煨上了剧毒；远方，一抹透彻的青色正携着深情凄切的歌声奔来。

红光焕发与觥筹交错中，酒杯由葱葱的玉指间转到帝王手中又转到歌女的唇边，"今日何日兮？得与王子同舟……"曲未终，一缕鲜血从娇小的嘴角流淌出来；帝王甩手的瞬间，红红的指甲划出了一道浅浅的血痕；面具砸破，一袭白袍震慑了整个大殿，爱的呼唤从情感的最深处迸发而出，恨的控诉像利剑般指向帝王的鼻尖。

一抹帝王绿凝视着茜素红没有闭上的双眼，青倒在白的臂弯里，红举着越女雌剑跪在白的面前，后背却刺过来煨了剧毒的黑剑，挡剑的白的手渗出青的血，几乎同时，越女雌剑刺进了黑箭的小腹，雌雄剑终于合而为一。原来，绿不是强悍鼎盛而是脆弱衰亡，青不是弱小青涩而是强大光艳，红不是轰轰烈烈而是祸乱苍白，白不是空荡世外而是不泯的性情，无色不是没有色彩而是暗藏着毒色的杀机，这些纷纷扰扰的色最终都合躺在血色的石板上，《夜宴》终于落下帷幕，像一顿最具中国特色的最后的晚餐。

# 雀之灵

在地球上,所有长着翅膀能够飞翔的生物都是上帝的宠儿,鸟儿是宠儿之中的贵妃,孔雀是贵妃之上的王后——百鸟之王。

云南是孔雀的故乡,这个养育着百鸟之王的地方,有着"彩云之南"的美丽传说和西双版纳的原生态和神秘感,它美丽的大理,幽静的山水和远离凡尘的乡村,它处处都飘逸着孔雀的美丽身影和灵魂的地方,生育了一个精灵一样的女儿——杨丽萍,人们叫她"孔雀公主"。

人是各有气质的,气质是天生的。天生的血质,天生的一股灵气,天生的一段风骨,只需一眼就能洞穿。

记不起是什么时候第一次在电视上看到杨丽萍的《雀之灵》了。舞本来是灵性之中的艺术,《雀之灵》给我的印象当然是非常灵性的那一种。但是,我对杨丽萍的深刻印象却不是首先来自舞,而是来自她的生活照。在最简朴的生活照里,她就那么自然地往那一坐,我就知道,她是非人的,她的姿态、眼神、神态、一颦一笑,都离人很远。她是一个独立于俗世之外的气场,是大自然的、云南大理的、青山秀水的、孔雀之灵的精华,她的身上笼着一层无形的纯净透明的光环,近在眼前,却遥不可及。

这是一种感觉,好像有一条神秘的通道,通过日月,通过山水,通过鸟儿的翅膀,通过一条纯澈的河流与自己相遇,也许,这就叫属于灵魂的东西,很远很迷惘,却又很近很清晰,看她一眼,就能看到一个原始的真实的自我。

她生于深山乡野之中,家庭不幸,父母离异,从小就饱受艰辛与困苦,却伴着青山绿水和原始森林长大,从小就懂得感受大自然的气息、聆听大自然的声音和节奏,从小就和热爱歌舞的奶奶和族人一起跳舞。

自然、纯净、贫困、苦难，锻造了一个超逸挺拔的少女，培育了一个极富天赋的舞神。她的身上有一种单纯的、清澈避世的宁静和永不泯灭的孤寂和孤独感，在笑容和繁华背后，挣扎、痛苦、探索并升华着，呈现着冉冉升起的无限美感。而我是在坠落的，许多人都是在逐渐坠落的，像从山崖落入沟壑尘埃的一线细泉。我阻止不了跌落的姿态，我仰头，欣赏和赞叹她在天空中彩云般高蹈的舞姿。

于是，我看《雀之灵》，看《火》、《月光》、《两棵树》、《心之翼》和《珠穆朗玛》，看集自然与民间、个体与集体精神于大成的《云南映像》，看她的灵魂鼓动着肢体舞蹈。她的灵魂是彩云之南的山水之灵和雀之灵赋予她的；她的肢体，每一段风骨和气度，每一个举止和神态，都超逸飘然宛若仙子，她无法复制，无法模仿。"她的舞很纯很纯，离现实的炊烟很远很远，却离我们心灵所渴求的东西很近很近。"人，除了心灵、灵魂，除了最简单的欲望，还有什么能使我们真正幸福，而杨丽萍的舞，正是给了我们这种幸福感，原始、质朴、真实、纯真、灵性、美好。

"至于跳舞，你要听得懂鸟叫的声音！你要听得见蝴蝶翅膀扇动的声音！"

"太阳是我的孩子，月亮是我的孩子，世间万物都可以是我的孩子！我怎么不能演孕妇？我肚子里怀的可以是任何东西，我肚子里怀的是一朵花！"

看她的舞，无声到可以让人痴迷；听她的话语，有声到可以让人落泪。只要可以，世间万物都是我的小腹里孕育着的孩子，只要可以，一个人可以广大到如怀揣世间万物一般的美好。由这几句掷地有声的话就可以知道，杨丽萍的形象美和舞美绝不只是外在的，所以她才堪称"舞神"，堪称"舞蹈诗人"。

一个真正的艺术家，要有真正属于自己坚持着的东西，杨丽萍坚持着自然，坚持着天人合一，坚持着原生态质朴纯净的唯美。她对艺术的要求是严格的，她的舞不是为了要跳给人看的，而是为了生命和热爱，为了依恋和享受。"雀之灵"是大自然和家乡的人民赋予她的，而她把灵

动的艺术和惊世骇俗的舞美呈现给了世界。

只有自己的才是大众的，只有民族的才是世界的。这样说的时候，是在提醒自己不要在嘈杂的尘世里把自己丢尽，就像充斥荧屏的夸张变形的歌舞，为了娱乐，为了观众和效应，为了金钱名利等不洁的目的，丢尽灵魂，丢尽个性，丢尽自我，没有了雀之灵、花之灵、草之灵、山之灵、水之灵，没有了"肚子里怀着花朵"的美丽胸襟，也将把真正的艺术丢尽。

# 伍

# 天涯孤旅

走进梦想
驶向孤岛
孤旅大峡谷
琅　台访古

# 走进梦想

　　我从大海奔到草原,就像毛毛虫从树根飞到百花丛,蝉的幼虫从地下爬上树梢,都是在久久的沉寂、成长和酝酿后,走进一种梦想的辉煌。不同的是,虫子们通过蜕变走进梦想,而我通过梦想谋求蜕变。我左脚从湿淋淋的大海里拔出来,右脚踏进绿茵茵的大草原,这一个豪迈的大步,横跨了3000公里路程,竖跨了2000米海拔。从大海到草原,是一个由距离和高度构起的旅程,注定了拉长和提升。

## 一、山海之间

　　我生于山里,却有太长的时间不在山里生活了。乘火车从青岛出发到葫芦岛奔赴一场火热的同学聚会,其实是从这片海奔到那片海;再从葫芦岛乘大客到承德奔赴草原,这才从大海走进山里,一路经过建昌、凌源,正是辽西丘陵的中心腹地,两山夹着一条蚰蜒一样的公路,从车窗望出去,山峰、山峰,还是山峰,峰峰相连绵延不断,高的矮的尖的圆的树形兽状的,那毫无雷同绝不相仿各显特异的巨大的丰盛,在呼啸的车速中撞得我眼球生花。平视得久了,眼前常无峰峦,这才觉得,峰峦是大地谱歌,笔走莲花,态生龙蛇,时而壑谷深藏,时而锋芒毕露,那一种俘云获水的大手笔,非人力所能为也。

　　二十年前我在山里梦海,及至奔到海边,却难以适应失去山峦庇护的无垠的苍茫。二十年后我在大海边梦山,进入山里却找不到大海一览无余的视线。在想念山与海的这一刻,我模糊了故乡的概念。山海之间,美丽与蕴含无数,何处不是我的故乡?海是大地的没落,收敛和涵养着

巨大的平和与能量,山是大地的崛起,凸显和展示着大地不屈的意志和强劲的骨骼,山海相依相连相辅相成相得益彰,完美地呈现着大地的哲学。而我的从山到海,实是命运,是曲折繁复的故事,却也山回路转,一路护我从一个故乡到另一个故乡。

而我于家乡的山,不仅是生于斯长于斯的亲切和怀念,近些年越来越多的热爱和骄傲感,产生于越来越著名的"热河生物群"——龙的故乡、中华龙鸟的发源地。朝阳、凌源、北票,那一层层一叠叠的群山里蕴藏着无数的鱼龙虫鸟等白垩纪古生物,让世界的眼睛发亮,同时那些亲切的名字也在世界生物学研究的最高殿堂里闪闪发光。

而我现在生活于斯的海,享誉"亚洲第一滩——金沙滩"的美誉。它的每一滴水,每一颗沙粒,每一个海湾,都给了我另一种养育:宽广、润泽、细腻、浪漫,同时,咸涩的海水也使我产生了由山到海、由旱鸭到水鱼的蜕变。

辽西丘陵和热河山地,在群山里展示着曾经沧海的繁荣;遥远海域里神秘的美人鱼,在海水里游弋着人的自由。亿万年前,鱼在水里游,人在山上住;亿万年后,鱼在山上住,人在海里游。没有人知道,再过亿万年后,山海之间,人会在什么地方游戏水草,鱼儿们又在什么地方升起炊烟。生命有太多的时空无法抵达,所以,梦想就成为精神上最大的自由和寄托。

多年来我在山与海、现实和梦想间奔波,山里有衰老的父母,海边有不离不弃的亲朋,哪一根血脉都牵动着我的心跳。而我却要去草原,草原里无山无海无牵系,"陪你一起看草原",这个浪漫而执著的想法,其实是潜意识中对自己的放逐。

## 二、蓝天白云

跨过山海而后奔赴高原,车辆被海拔不断抬起的时候,天空愈蓝云朵愈白。同坐的游伴拍完了几个镜头说,看,这天都蓝得失真,云也白得

失真。我笑,恐怕你说反了,这才是真正的蓝天和白云,失真的是城市的天空。我们从失真的地方走来,面对蓝天如玉的真容却胡乱起了疑心,我们的一颗追求纯真的心是如此冤屈地受到了蒙蔽。

天空的纯澈瓦蓝如洗,虽覆盖四野却不堵人心智,反而给人以无限澄碧的瞭望和想象的空间。可是云却不这样了,它们完全是堵,大朵大朵的,从四面八方堆雪球似的绵绵软软地堵来,把蓝天堵得斑斑露露且甩出很高很远,仿佛它们才是天空的主人。它们端着主人一样的坦然与霸道的姿态,汪洋恣肆地堵着眼睛堵着心灵,堵得如此悄无声息不着痕迹。是谁说的,大江边万顷棉田逢遇金秋时节,棉杆上擎起千万朵白云,一白到天涯。而此时此地,是谁把万顷棉田举到了天空,在一场大雨过后爆炸似的盛开,也是一开到天涯。

对云的描述,说"堵"实是无奈的托词,没见过这么广大的不飘不移仿佛定居在空中似的云朵,又像无人采摘的棉,不为取暖只为堵人眼睛给人看。

导游说,坝上是"水的源头,云的故乡,花的世界,林的海洋"。惭愧我这样以己之私评说这里的云朵,它为什么不是这里的主人,它为什么要去漂移流浪,它为什么不在这里播种棉田静养生息,这里是它的故乡啊。

# 三、万顷林海

本为拜谒大草原而来,却未见草原先入森林,原来这里森林和草原是一体景观,统称"塞罕坝国家森林公园"。"赛罕"是蒙语,"美丽"的意思。赛罕、赛罕,因为美丽我记下了这个名字。

刚才说草原无海是错误的,从进入森林的那一刻起,旅行大巴以七十迈以上的速度行驶,一个多小时还没冲出森林的包围。车行到高处放眼望去,绵绵延延莽莽苍苍,盛夏八月望不到边际的葱郁,说"海"毫不夸张。

"塞罕坝景区面积842平方公里,其中浩瀚的森林景观15.6万公

顷,草原景观 8 万公顷,森林覆盖率 78%。"导游介绍。

知道了这个数字便不再惊异,惊异的是眼见的那些树木,几乎全是清一色的落叶松,每一棵之间的间距竟然都是均匀相等的。显见的,这无边无际的林海不是自然原始的而是人造的。

"清朝晚期,这里的原始森林被砍伐殆尽。新中国成立后,六十年代初,国家决定在此建设大型的机械化林场。经过林场工人几十年的艰苦努力,这里已成为全国最大的人工林场。"

"新中国"、"工人"这两个概念,在导游介绍完景观之后,像无边的树木一样迅速膨胀起来。在如此规模巨大的人造森林面前,"新"的概念和理念是伟大的,"人"的概念和力量伟大到难以置信。四十年,如此短暂,数个小时的行程只见森林不见人烟,工人有多少?他们都在哪里?他们用什么样的劳动,在如此短暂的时间里种植和养育下如此庞大和齐整的森林?对于一个远途来访瞬间而过的游客来说,诸多的好奇和疑问都无法找到答案。

"森林里有动物吗? 我们在里面有危险吗?"有游客问。

"动物肯定是有的,只是有人的地方没有动物,它们都被车辆吓跑到森林深处去了。是谁说的,人是最危险的动物。"

为了最后一句,我亮眼看了一下导游,一个年轻漂亮、装扮自然的女大学生。

对于森林生物,人是最危险的动物;对于秃山荒岭的造林,人是最伟大的动物。


## 四、跨马草原


跨上草原的骏马,走进辽阔的草原,这才走进梦想的最深处,才贴近游览大草原的中心主题。

对于草原人,想象不到骑马为什么会战战兢兢;对于我,想象不到纵马狂奔怎么会不害怕。我只能在牵马师傅的扶助下才能跨上马背,也

只能在他的牵引下才敢跨马草原。即使这样，我也收获了十足的满足感：自由的原野，黑色的骏马，马背上的歌吟，都已不再是遥远的想象。

"不用害怕，也不要紧张，马很懂事。不用紧握那个铁箍，握住缰绳，只要轻轻勒一下，马就会知道你的用意。"

牵马师傅其实只是个二十八九岁的小伙，他简单教授我骑马的基本要领。我试着放松，试着把缰绳轻轻一勒，马头朝左，而后朝右，放下，它朝前。与马儿通达心意，原来是这么简单。缓慢、松弛、放任地，草地宽阔且湿软，小伙牵着马，马儿驮着我，朝向草原深处。

马蹄哒哒，马背稳健，节奏强劲而舒展，我感受到马儿的友好和善解人意，轻轻抚摸它的鬃毛和脖颈，刚劲、柔软、温热，有一股温情，由马儿的肌肤直传到我的肌肤，异样且纯净，通达马儿的内心和我的内心。

黑色的骏马，是力量和英武的代名，它驮着我，一个做梦都想念着它，却从不懂得如何驾驭它的女人。它却不跑更不飞奔，它怕吓着和跌着我。一匹在草原彪悍骑手的胯下纵横驰骋的骏马，在我的胯下成了一只温驯的羊，而我径自得意着，炫耀着跨马草原的英武和骄傲。远处几个骑手跨马飞过，我除了羡慕，竟没有相对的失败感，还犹自浪漫着：

"歌词里唱的'草原那边花如海'，为什么花少草多？"

"你来晚了，再早十天，这一大片草地连着那一大片(小伙手指北方)全都开满了金莲花，那真是花海，一点儿都不夸张的。"

"金莲花？这么好听的名字，它长得什么样？"

小伙低头在草间寻找，采了两朵给我。元宝似的朵儿，金黄的花瓣淡黄的花蕊，湿漉漉的鲜嫩。窥一斑而知全豹，这样的花儿，铺满了脚下和远方大片大片的草地，不是花海又是什么。

我从灌满咸水的海走来，走进落叶林海又进入金莲花海，这三面大海依次在脑海里铺开，湛蓝、玉翠、金黄，每一片色彩都灿烂无涯。海面涌动，浪潮翻卷，我虽不是马背上的骑手，却在马背上掠取了三海的所有美色。当马儿跨上原野里的一个小山丘昂首站立，只见草原连绵起伏，直踏天涯与蓝天白云接壤，极目所至，万里苍茫。此时，所有的海都

消失了色彩，一种不知所措之感猝然击中了我，于是惴惴地从马背上下来，跌坐在草坡上，才觉踏实和芳香。

"看，"小伙指着远处一大片平展的草地说，"别看那里很平坦，里面有许多蛤蟆眼。"

"蛤蟆眼是什么？"

"蛤蟆眼就是水洼，不论是人还是马，只要踏进去就立刻陷没，瞬间毙命。"

"就像当年红军过草地遇到的那样？"

"是的。"

我惊得不轻，那么美的地方，怎么有着要人性命的蛤蟆眼？小伙说别担心，四周都围上了栅栏，人和马都进不去。

小伙又指"蛤蟆眼"西边那个彩旗飘扬的锥状物。

"那是什么？"

"是敖包。"

"是蒙古人居住的地方？"

"不，是蒙古人祭神和祈祷的地方。"

我张着嘴拖出一个长长的惊叹号，像是草原的神灵忽然从草尖上掠过，"蛤蟆眼"也有了神圣和安全感。原来"敖包相会"的本意，是草原人在一年的一个特定的时节相聚在敖包祭奠草原神，祈祷来年的平安和兴旺昌盛，然后才围坐在一起喝马奶酒、吃羊肉，举行赛马、射箭、摔跤等活动，然后才谈情说爱。

我对大草原的一切都太陌生了，我热爱这样的陌生，它使我短暂的旅途一直保持着高度的新奇感，还有不停歇的探索欲望和享受欲望。也许，草原人不会因为拥有一匹黑骏马而觉得新异，也不会因编一个花环而觉得浪漫，而当我采了满怀的野花，在牵马小伙的帮助下编成了一个鲜艳的花环戴在头顶，再牵着黑骏马的缰绳拍几张特写，骏马和花环都在那几个瞬间成为永恒的属于我的东西，它们完美地代表了我的梦，我的童年、少年、青春和爱情。对于一个女人，美不算什么，苍茫不算什么，

哲学也不算什么,骏马和花环就能成为她的一切。

回来的路上,牵马的小伙遇上一个牵马的女子,女子说她的马懒洋洋的不愿走,小伙说那是因为没和他的马一起走,要是一起走肯定来精神,因为他的马是公的,她的马是母的。

"看我撕你那张臭嘴!"

女子骂,小伙大笑牵马快跑,女子的马竟然快追上来。小伙回头又笑:"看,你还是离不开我吧!"

女子又骂又追又笑。

我的骑马生涯在牵马小伙和女子的打情骂俏的笑声中结束。美丽辽阔又苍茫荒远的大草原,在这男欢女爱的笑声中养育和生动着。

## 五、塞上小城

坝上两日,游览的景观不少,像滦河源头、红山军马场、十二座联营遗址、还珠格格外景拍摄地——百花坡、月亮湖、塞罕塔等。可是,必须要说的是塞罕坝塞上小城,它是车行万顷林海之后,在山丘的一片高地上露出的唯一一带有人间烟火的亮色,像绿海里捧出的一颗明珠,也是我们吃饭和住宿的地方。更因为,我终于能够在小城里找到造林工人的身影。导游说,这座小城是因为造林工人越来越多而逐渐成立和发展起来的。

中午,我们进入小城,太阳透亮直射得厉害,烤人肌肤。匆匆吃饭休息,然后离开去各景地,晚上又回到这里。夕阳西下,吃过晚饭,天色渐暗,2000米的海拔甩掉了酷暑的热浪,竟是凉风透骨,手脚有些发冷起来。

加了一件衣服,我漫步走出旅馆,想趁晚间闲暇好好地亲近一下这座塞北高原上的小城,想它的风味定非内陆或海滨的任何一座繁华城市可以相比,况且想看看造林工人晚间生活的场景。

小城说是"城",其实只相当于一个小镇,车辆转瞬穿过,步行大概

也就只需二十分钟。白日里它力透林海的亮,而现在是夜晚,它不但失去亮色,还浸透了四野山峦与森林无边的冷与黑暗。

披紧衣角独步前行,街旁有旅馆酒店和各色民间工艺品小店,门脸闪着红的和白的灯光,有几簇游客熙攘光顾,却少见闲逛的小城人。那些植树造林的伟大工人,他们没有饭后休闲享受夜生活的习惯吗,还是因为小城太小无地可以消遣,他们都窝在那些低矮的楼房里休憩了吧。

只有城南外遮护着小城的黝黑山影,悬空里一轮冷月,照着各家门面上的灯光,若灯火骤熄,定让月光唬破寒胆。城西有一个大型广场,与小城的面积和居民数量相比,显出莫大的空旷。来时经过还听见一阵鼓响,那敲鼓的和几个跳跃欲舞的人显示出小城的活力和热情,片刻回转时,鼓声和舞者全无,却飘着《红楼梦》凄婉断魂的主题曲,"想眼中,能有多少泪珠儿,怎禁得,秋流到冬,春流到夏,啊……"歌声纤长,冷月震颤。

# 驶向孤岛

## 一、孤独

驶向孤岛是因为我已经对它遥望了好久,隔着汪汪的海域和茫茫的雾霭,它就像一座神秘的海市蜃楼,总是那样若隐若现,可望而不可即。

驶向孤岛是因为对孤独内在的向往,不知道它为什么可以长久地离群索居,它的躯干和筋骨与陆地彻底分离,它的血脉完全沉浸在苦涩的海水之中,竟然也有隐隐的青色从远方传来,不知道它的内里蕴藏着什么样的神秘和超凡脱俗的美色。

乘一艘白色客船,我们驶向孤岛。

小港的晨光是完美的,浓重的海腥味也不让人厌弃,渔船在波光里进出,海鸥在渔船前后的浪花里上下觅食。我要离开这充满人间烟火的地方驶向孤岛,去探寻一块陌生的孤独的领域。

孤独有大有小,比如处境的孤立、不被理解、不被接纳都是小孤独,人与人心的孤独可大可小、可有可无,它并不实在。可是人类的孤独是大孤独,当客船驶入远海区域,旷远的四周只能看见海、云、天的无限广大,小小的客船与满船的乘客,这代表着人类的一个小群落,在恣肆的汪洋中是孤独的。即使生命的繁华无处不在,客船下面的海域里到处都有熙熙攘攘的鱼群,上面的天空中不时有海鸟的群落掠过,可是它们并不把人类在大海里的一个小白点看作什么。小船轰鸣的马达声惊扰不动庞大的海域,也惊扰不了广大的天空。三山六水一分田,人类的栖息之地相比于山精海怪只占了地球的十分之一二,所以人类在追杀山上跑的、海里游的、天上飞的动物们以满足自己私欲的同时,也喜爱和亲

近动物,也提倡所有的动物都是人类的好朋友,这无一不表明着人类已经意识到了自己在地球上的有限,表明着人类对孤独的恐惧和对朋友的渴望。

我在客船上和游客们挤在一起,感到孤独。小船虽然热闹,但它在庞大无边的海域里是孤立无助的,在小船以外,我望不见任何同类的身影,听不见任何同类的声音,只有大海的波涛以千顷的气势奔涌,如果遇上"泰坦尼克号"那样的遭遇,我下不能和鱼儿同游,上不能与鸟儿同飞,我连同船上所有的乘客,都将被大海与天空吞没和抛弃。我还没有到达孤岛,却先感到了恐惧,也许孤岛不孤,而我已自孤独。

## 二、乘客

在感受到孤独的时候,每一个游客都成了我亲密的伙伴,我突然喜欢起每一张陌生的面孔,虽然他们大多面容憔悴大腹便便,已很难看到如杜甫般的清瘦和李白般的精矍,但他们的五官和微笑都是我能够理解并能生出亲切之感的,而且他们也同我一样,远离了名胜之地拥挤不堪的人流,奔往一个偏远的小岛,去寻找一份别样的清幽,从他们脖子上挂带的照相机和望远镜中,也能看到他们对世外风景的向往。

可是让我惊异的并不是游客的面貌,而是另一部分乘客,虽然他们并没有与其他游客分出来单独乘坐或站立,可是他们明显的不是游客,没有一个游山玩水的人会背着大包或大袋子的蔬菜和水果,还有包装豪华的各式各样的礼品以及烟酒糖茶之类的生活用品,而且他们的着装和面容也明显地不同于悠闲的游客。我很好奇地询问挨近我的一名乘客,原来他们竟是孤岛上的儿女,他们是离开孤岛到外面的世界闯荡的游子,孤岛是他们的家乡,那里有他们的父老乡亲。所以他们在假期归来,所以他们把大大小小的包裹里装满了蔬菜水果,因为他们知道,在土地和淡水都很贫乏的孤岛上,最值钱的不是海参鲍鱼,而是萝卜白菜。

我才知道原来孤岛并不是没有人间烟火的,原来孤岛上世世代代

居住着它的子民。可是孤岛是如何收纳了它的子民,他们的祖先是什么时候以什么方式登上了那片远离陆地的孤岛,他们为什么选择一片孤岛生存,是为了躲避人类的战乱还是瘟疫,或许他们想抛却凡尘,求仙得道,就去了那片远看如仙山一般的岛屿?

## 三、做客

真没想到,我同行的伙伴居然在船上遇到了他早年的同事,而他的同事竟然就是孤岛的游子。很难想象岛上居民的热诚,那位同事竟硬拉着我们去他家吃午饭,本来我们是喜欢自由自在地去游玩的,就是吃饭,也自带了吃的喝的,想寻个美丽僻静的去处野餐去,可硬是拗不过他的诚请,就随他来到他父母的家。

我见过用土和草搭建的房屋,却从没有见过完全用青石建造的住家,四围整面的墙全都是用青石砌的,石缝勾着白灰,只有房顶是红瓦。我想大概是因为孤岛上缺乏肥沃黏厚的土壤,而多的是铁青色坚硬的石头,所以岛民们不得不用青石盖房。可这样的房子冬天不会又硬、又冷、又透风吗?等到进去才知道那石墙有多么厚,比三床棉被叠加起来的厚度还要厚。

同事的父亲忙着给我们沏茶,陪我们聊天,同事让我们坐下喝茶,说他要帮母亲做饭去。真叫人感动,他穿着干净笔挺的白衬衣,刚从岛外繁华的世界风尘仆仆地回来,放下包裹就下厨房帮母亲去了。这边他的父亲给我们讲他是如何把他幼小的儿子送出岛外求学,如何借钱供儿子上大学;说儿子如何有出息,他又如何拒绝儿子硬要把这老屋拆掉盖新居的想法。他说这石头房子冬暖夏凉,就连炎热的夏天也不用打开后窗通风。我不禁抬头望了一眼后窗,果然关得严严实实,可是体会一下,刚才在外面还热得直出汗,可坐在这石屋里喝着热茶,却觉得身心有一股舒服的凉意,根本用不着城里人离不开的空调。

当同事帮着他的母亲摆满了一桌子的菜肴,我不由得瞪大了眼睛,

平日里在家或在酒店招待客人,少不了荤素和山珍与海味的搭配,可是这满满的一桌子竟然全是海味,除了虾蟹和又软又脆的凉拌海蜇等新鲜海味之外,光鱼就三大盘,一盘是肉质细嫩的红头鱼,一盘是味道鲜美的黄花鱼,还有一盘是价格昂贵的金枪鱼。我知道在酒店,光金枪鱼的一个鱼头就值八十元,而这完整的一大条金枪鱼至少得三百多元,我紧张地说这太昂贵了,可同事的父亲却轻松地笑着说这不值钱,是他自己在海里钓上来的!

他们知道我们还要去玩儿,就不劝我们多喝酒。然后他母亲端上来刚出锅的热腾腾的馒头,我掰一块儿吃了一口,大叫:这馒头怎么这么好吃!因为市面上的馒头难吃,我一年之中很少买馒头,可这岛上的馒头有一种特别的香味,还夹着一点儿甜甜的味道。同事的母亲笑着说这是自己家的地里产的麦子磨出来的面,自己手工做的。我惊问这岛上还有土地?她说当然有,但很少,而且都在沿海的山坡上,靠天收成,产量很小,大多的粮食还得从岛外买来。

因为见我特别喜欢吃她手工制作的馒头,临走时她硬是往我的背包里塞了三个还散发着香热气味的大馒头,把我的背包塞得满满的。

## 四、孤岛

现在我在孤岛通往北面的风景区的山路上行走,这就是我长久以来从远处的陆地那边经常观望的海市蜃楼一样的岛屿。以前,它一直都是青色的,晴朗的时候是透明般的青,有雾的时候是蒙眬缥缈的青,而且它从来都像一张薄薄的抽象的剪纸。可是现在它是具体的、立体的,我可以在它的内里奔跑跳跃。它是绿色的,有些石岩裸露;又有些黄,有些树叶成熟;又有些红,有些野花开放;又有些紫,而从它的半山腰往下望大海,半山的翠绿和半空的碧蓝尽收眼底,心从来没有这般的明媚过。

听说风景区在岛屿的北面,我们就一直走到了那里。我又一次目瞪口呆,那边的翠绿和碧蓝不叫风景区,而这边的丛岩裸露和峭壁突兀却

叫风景区了。也许是因为人们见惯了树木的葱郁和水域的蔚蓝,却没有见惯凭空里出现的奇石怪壁,尤其是一马平川的海面上突起一个岛屿,一个野生植物丛生的孤岛的另一面却耸立着寸草不生的丛岩峭壁,山岩的奇峻与海面的低平相托相称、相依相偎、相交相融,确实堪称绮丽的风景。

可当走近了它,我看见一丛丛高耸的石崖上整面的犬牙交错般的断层,我看见卧进海水的圆石上数不尽的坑坑洞洞,这所谓的风景也许就是这座孤岛永远弥合不了的裂痛。

我根据孤岛北面大片的石壁断层猜测这座孤岛的来历,在多少年前,在我们的祖先还不会用文字载物的某个年月日的某个时刻,这一片海域的地壳突然发生变迁,大型的火山喷发,剧烈的地震把原本和大陆连为一体的繁荣之乡生生地拉开、断开,大自然的愤怒毫不费力地毁掉了团圆与祥和。这块可怜的陆地,它忍着被与母体生生割断的剧痛,流着血水和泪水,慢慢地漂进大海的深处,从此一去不回。而它的子民,不是为了躲避什么或追求什么的外来部落,而是它自身连体的生命,他们在它断裂的灾难和悲痛里存活下来,吸吮着它稀少的乳汁存活下来,继续地生息繁衍,来修补它的创痛,安慰它的孤独,兴盛它的颓废。

时至今日,虽然早已轮船飞渡,接通了它与母体的信息和往来,可住岛的居民仍有不下三千人,即使漂流过海去奔往更大、更广的世界的子民,也如我同伴的那个同事一样,永远割不断与孤岛的血脉相连,永远会在想家的时候回来,给它带来浓浓的亲情与富足。

孤岛并不孤独,而且它有一个很灵秀的名字,叫灵山岛。

# 孤旅大峡谷

## 一、前奏

　　长假说好了去河西，提前十天找熟人订票，过了八天，回说去那一线旅游的人太多了，票订不上；无奈和同学招呼说去香山，订火车票来不及了就去订汽车票，结果长途站售票员说去北京的票三天内的全都卖光了。我惊讶，这国度，长假出行的游客会有多少，把南来北往的飞机、火车、汽车全都挤得水泄不通，他们揣足了富余的闲钱准备起程了，而我却举着钱买不到车票。最后我只好决定去名不见经传的沂蒙大峡谷，名气小，游客少，票好买，而且也不见得因为没有名气就没有美景，说不定别有洞天。

　　早有同事联系集体旅游去大峡谷，我不假思索地婉言回绝，和他们一起去，那几个喋喋不休嘴巴永远不知疲倦的女人不把峡谷嚼烂也得把我嚼烂，在办公室嚼嚼时间倒也罢了，在大自然里再嚼风景那就离嚼疯不远了。我不喜欢集体旅游，就是有人要联系几家相好的一块儿去，也不喜欢。旅游，就是要抛开了单位、社会和人际，放逐自己到山水和名胜古迹之间，与大自然和文化人文成一体而达成身心的净化。而人，非一体者不能同行，所谓一体，如手足耳目，同感同识、同节同奏、同呼同吸、同悲同喜，除夫妻儿女亲朋密友而难为一体。一体凑不成，还不如一个人去，一个人本身就是个完整的一体，无人搅扰和分割，也能达成旅游的畅意。而且，旅游也不只是游山玩水和游胜览迹，游玩不免把自己放在高于山水的位置上，若还如平日一样我行我素唯我独尊，傲慢和浅薄间就把山水踩在脚下践踏，难得从内心深处产生对大自然的景仰和

敬畏,也难得有峰回路转和空山鸟语铭记于心;若只把名胜古迹放在眼皮上,睁一睁眨一眨就算见识了,也难得吸取和容纳胜迹博大的文化和精神。置山水而不能相融,处胜迹而不能沉入,走马观花,闹哄哄地搭伴集体或随团的旅游恐怕都难免有这样的不良效果。

所以还是一个人去。一个人除了自由、轻松和快乐之外略微带上点孤独,正好超乎了平日的禁锢与嘈杂,甚至可以在孤独中净化心灵,从心灵的深处涌出久违了的思念,思念一些已经远去了的人和事,时空变得美丽而悠远。一个人的旅馆房间安宁纯净得让睡意轻松地赶走平日的失眠。清晨,一个好心的姑娘帮我找到开往大峡谷的车,那姑娘很美,她在我孤独的旅途中成为一个陪伴我同行两分钟的亲密旅伴。

## 二、沂水

车行沂水县城,这是个历史悠久的古城,自西汉建城为东莞县城后,一直是历代县治所在地。抗战时期中共山东局在这里成立,家喻户晓的红嫂的故事就发生在这里,它因此成为著名的革命老区。这真是个不小的县城,其规模不啻于一个中等城市。大概历史太久远,战争的风尘太浓重,所以楼房老旧,路边街角扫不尽车马扬尘的积土,终不能与我所处的滨海新城的崭新和干净相媲美。可它是文物和古董,它价值连城,只是需要今人扫去它满面的灰尘,擦净它死角的污垢,让它老旧但干净地端坐在那里。

我由寻觅大峡谷而得知沂水县的所在,在长途站找到沂水站的名字,到沂水城浸入它悠悠远远的古老沧桑并挑剔它脏兮兮的模样,可城外浩浩荡荡的沂水河,宽阔、干净、清澈、美丽,足以涤荡清老城或古老或新积的灰尘。沂水,果真是名不虚传了。

齐鲁大地到处都是平原,在平原上涌出一脉山,会立感特异和亲切,山上又远远望见华丽的楼阁庙宇,就知道那不是一般的地方了,果然,司机说大峡谷到了。下车沿山坡徒步数百米,水泥路两旁的玉米地

也沿坡而上，农民已经收获了所有玉米棒子，宽大的玉米叶已绿里透黄，我好久没见过这么健壮的玉米了，像赤裸着身体把肌肤晒成古铜色的男子，一秆秆坚挺齐整地站在山坡上的农田里。

## 三、大峡谷

远远就看见了山腰处高大的拱形石门，走近了才读出石门顶端的大红字：山东地下大峡谷。这应该是大峡谷的正规名字了，我倒觉得不如"沂蒙大峡谷"生动和好听，大概是为了扬名而把名字改得大了，感觉淡了"酒香不怕巷子深"的意境。

随人流前行找到售票口，以为可以立马进谷了，却不知还要坐2000米的电动滑道车，每辆滑道车上只有两个座位，必须坐满了才可驶出。游客或两两情侣，或天伦一家，或团体结伴，纷纷两两成双地坐满，而我却找不到一个能与我同乘一车的独行女伴，只好任导游小姐安排和一个旅游团的一名单身男子同乘一辆。好像喜欢听一个陌生女人惊恐的尖叫，那个陌生男子把轨道车开得时急时缓前突后撞，终于到了终点，我抢先而下，他也加入到他的团体，一边回头朝我诡秘一笑。唉，茫茫人海，能同车经历片刻惊险，也算有缘了，给此次的独行增添了一段"艳遇"。

这才到了谷口，谷外山石丛立泉瀑淙淙，入口处却狭小且昏暗，还有飞溅的水滴落到头上。入口只能容一个人进出，在导游小姐的疏导下随人流鱼贯而入，刚下到十多米，就听有人喊缺氧，闹得大家有些心慌，谷深近一百米，十米就缺氧还怎么再往下走，其实不是缺氧，而是刚下来不太适应，及至下到谷底，呼吸还依然顺畅。只是真正的峡谷风光就从这里开始了。

北京游的是名胜繁华，华山游的是奇险，九寨沟游的是绮美，西藏游的是空灵，而峡谷游的是时间。没有时间水不能滴石穿，没有时间石不能溶，溶不能成裂隙，小裂缝不能成大裂隙，大裂隙不能成洞府。两山

夹水为峡,两山夹缝为谷,进入峡谷不能求宽敞,进入地下峡谷除不求宽敞也不能求天日,若怕憋屈就不可进入,因为进入了就不能回头,峡谷中许多地段都只可容单人通过,只有去的台阶没有返的路途,出口在山的另一端。一个跟着一个,慢着走,顾盼却不能流连太久,秩序就这样自然形成,有些狭窄的地方,你停下,后边的就无法前行。

就在这暗无天日(只有人设的低度霓虹彩灯)的逼仄的峡内缓慢行走。用肉眼看,峡谷只是山体内的一条狭窄幽暗的缝隙,两旁和顶庐或坐立或空悬着一些形态各异的石头。可若是睁开透穿时空的天眼看,峡谷就是一段美不胜收的神话。

很久很久以前,有一只神的艺术之手,伸向这座位于齐鲁大地之上美丽的沂水河畔的九顶莲花山,它以神的自由创造的意旨,以惊天动地的大手笔,在莲花山底扩开了一条长达六千多米的艺术长廊。它的创意时而细若游丝,时而阔如洞府,时而怪石嶙峋,时而平坦如席,时常在不经意的边边角角设下奇形怪状密不可测的洞穴,也时常在昂首可视的庐顶倒悬起刀劈斧削的奇险和燕窝雀巢的平凹。这样一个集开辟创造和自由想象之美于一体的洞天福地,招徕了一群大自然最灵动的艺术家,他们在谷中最宽阔的地带召开了一个创作大会,会议仍然以神的自由创造为宗旨,尽兴发挥诸家所长,拟定在悠长的峡谷里制作一个系列庞大的艺术群雕。诸家群情激奋,迅疾地飞落在各自的位置上各司其职,开始了他们至精至细至灵至美的创作。

画家的创作用画笔,作家的创作用各式各样的毛笔、铅笔和钢笔,而大峡谷里的艺术家的创作用的是水,这是人类的艺术家用尽想象和手法而不能及的创作方式,他们在神的大手开辟和赐予的可溶岩上,以水的最温柔细腻和持久的耐力,因才施用、因势利导塑造着。它们的作品与其说是惟妙惟肖的仿生,不如说是意识流的创意:一面渗透着水之光泽的石壁,你可以说它顺滑的纹理垂挂如帘陇,也可以说它沟如密渠背如锋刃;一块吐露于壁洞间的倒悬石,你可以说它是石壁的丝巾,也可以说它是从喉咙间伸出的舌头;一块上部圆实下部龇咧的钟石乳,你

195

可以说它是一面巨大的肺叶，也可是说它是生长了无数个指头的巨大手掌；犬牙交错的倒悬石乳，你可以说它是冰凌水柱，也可以说是从思想深处伸展出来的欲望；从顶庐悬挂下来的一大块怪石，你可以说它是绝顶的现代派吊灯，也可以说是从天顶喷薄而下的光束。在这里，滴水观音也可以是魔鬼，乳白的企鹅头颅也可以是女人的酥胸。更有数不清的石幔、石瀑、石笋、石花，难以想象出它们到底像什么，整个的峡谷从头看到尾，最难的是发挥所有的想象力说出那些神的艺术品所相像的形态，那是个让凡人的想象无暇应对的艺术长廊。我抓紧稀里哗啦地拍照，随着人流鱼贯，不抓紧抓拍就会错过许多的奇石美景，可还是有忘记的时候，当地下的流泉从整面的石幔上摔打下来溅成亮晶晶的飞珠碎玉，我手中的相机失语般地停顿，它难以拍出深居于幽暗地下的这片晶莹的激越和灵动。

艺术家们仍端坐于谷中各个幽暗的角落，他们不为人知也不受游人的干扰。在如此让世人瞠目结舌的艺术品面前，他们没有停滞不前也没有停止创造，为了自己唯一的一件艺术品，他们竟可以花费上亿万年的时间仍然锲而不舍。也许真的是山中方一日，世上已千年，亿万年的光阴，神仙不觉，而多少代人已苍老得灰飞烟灭。与谷中的艺术品相比，没有一件人间的艺术珍品可以上得如此漫长的时间台架，也没有一件出于人工的艺术具有如此天成的创意和深厚恒久的魅力。在谷里来不及细品，可在回放的传真照片里，可以久久地陷入它们的奇特和细密，去问天如何想象出这么多令人叹为观止的造型，去问地如何镌刻出如此盘筋错骨细密至深的纹理。

喜欢带有神话色彩的故事，大峡谷就带着许多的神话色彩，怂恿人编造一些着边或不着边的神话："九龙宫"圣水潭下闹海的乌龟背驮巨碑在大海中遨游；白娘娘为救许仙千里迢迢千辛万苦去昆仑山所盗来的"万年灵芝"就生在谷里的峭壁上放出万道霞光；东海龙王游西蜀见到杜甫草庐顿时恍然大悟：原来是草庐造就了诗圣！于是回来后就在海底建草庐让小龙子在此刻苦读书，谷中的"海底草庐"就来自于这个神

话典故。还有"倒吊和尚石",传说宋将孟良为了偷运回山顶望乡台上杨继业的尸骨,趁夜在石壁上开凿天梯,不料被一个和尚发现,和尚学鸡叫,孟良以为天快亮了就停止了开凿。当他知道了事情的真相,就把和尚倒吊在悬崖上,后来和尚化为石头,就有了孟良梯和倒吊和尚石之说。

## 四、地下漂流

听说,游大峡谷不去地下漂流,就等于吃饭没有吃主食,或如游崂山没游北九水。据考证,大峡谷的地下漂流目前在国内尚属首家,被誉为"中国地下河漂流第一洞"。

在入口处买了票套上防水的雨衣走到漂流渡口,又出现了坐滑道车时的尴尬,每艘汽船也只有两个座位。等过了一拨又一拨的人流,仍然等不到一个独行的同性伴侣,最后我决定独自漂流。感谢渡口的工作人员给了我独占一艇的权利,他用船桨用力一顶把我的小船推出渡口进入了漂流的长河。

刚经过地下一个多小时的慢行,给自己编造了一路的神话故事,突然感受到漂流是如此的畅快。在古老的地球上,地下的水能如此丰富汇聚成河的恐怕不多,而我又是第一次得见。水面并不很宽,刚好容下一个小汽船多一些的宽度,可是水流急促激越,能听见哗然流动的响声。不知道这条河流什么时候形成又已经流淌了多少年,或许与神的大手造就峡谷艺术长廊的时候一挥而就同时形成。能在这样的一条河流上畅然前行,真是一段妙不可言的经历。可是船撞在河沿的石壁上了,幸而未翻,水打到头上打进了船内。下一段的水流更急,船完全是被水摔打着迅疾地颠簸而下,时而遇到左突右拐的湾道,还有一个胳膊肘一样的急湾,让我不敢睁着眼睛往上撞,船上没有供人控制速度和方向的机关,心突突地狂跳,这时才怜惜起自己没有一个可以拦腰抱住的伴侣,没有可以在其面前娇喘狂呼的能给我以安全感的高大异性,可是我看

见了一些让我不敢相信的人,他们就在漂流河的岸上,隔一段有一个地端坐着。他们苍老和灰暗,有些佝偻着一动不动,在岸边昏暗的光线里,我甚至难以相信他们是现代的活人,而像古老的雕塑。但我知道,那是当地旅游部门专门雇来负责地下漂流安全的工作人员,从早到晚守护在不见天日的地下河边。年轻人没有那样的耐性,所以只好雇了老人来,给他们一些可以改善贫寒家境的工资。他们苍老地一动不动地坐在那里守望着,看护着有可能出现的不慎翻船的漂流者。他们除给了我独自漂流扫却孤独的安全感之外,更呈现了与大峡谷同在的古老沧桑的美感。

安然无恙地做完长达 1000 米的地下漂流,又走过了一段美妙的地下长廊,我从大峡谷里钻了出来。我用了两个多小时的时间走过了谷底里亿万年的路程,太阳晃得人睁不开眼。

午饭的时间到了,走到烤串的摊位前,看见旁边一盆盆活蹦乱跳的蝎子,烤串上串着黄澄澄的蝎子的尸体叫卖,吓得我空着肚子逃跑,从古老山洞里走出来的现代人,循着古迹吃着蝎子,像极了在进化中变异的精怪。

# 琅玡台访古

海上有仙山,秦皇琅玡筑望台;蓬莱方丈与瀛洲,方士琅玡做渡口。那一世求仙得道长生不死的美梦,那一行精心策划一去不归的海旅,都沉淀在琅玡山三层九丈的琅玡台上。朝它奔去的时候,我也是怀揣着梦想的,也是触摸着两千年之久的厚度的。

车出胶南城区往西南海岸疾驰,夹道而来的是平展的齐鲁大地,小麦和玉米苗兜着野风撒开满目的绿色,然后驶入近海边缘的低狭崎岖地带。这一路我都在问,当年秦始皇三次东游登琅玡山,走的可是这条路?如是,我当低眉俯首,寻一粒千古帝王铁车骏马的浮尘,觅一缕纵横驰骋一统天下的英勇骄横的魂影。可望车轮之下,平展光洁的柏油路铁蜈蚣一样蜿蜒前伸,夹道两旁的绿树红花陡增明媚,两千年前的黄尘古道早已非然,在今人访古的闲散与古人寻仙的虔诚之间,也已经晃过了两千年之久的苍茫光阴,我们的血管里还流淌着先人的血液吗?我们的面部还遗传着古人的某个特征吗?我们带着好奇与疑问寻访古人,也是为了印证和满足我们自己。琅玡台是一把打开通往秦王朝大门的钥匙,引领我们进入一个古今同在的时空隧道,草长鸥飞,琅玡台在苍茫的大海边伫立。

一代帝王钢凝铁筑的高大身躯站立在高高的第二层筑台之上,却面容慈祥,双臂阔展,像是以一种威武和仁爱的姿态怀抱天下,又像是展开双臂欢迎远至的游客,可那不该是一代勇猛的帝王加残烈的暴君的姿态,他的姿态,在我的心目中,是高大威武的仰视和背而离之的畏惧。毕竟时光抚平了往事和伤口,他以今人理想中完美的姿态站立在我们的眼目之上。可时光瞬时倒转,他是嬴政,他刚满二十二岁,正青年英

武,入主秦王宝座,却是英雄少年,以迅雷不及掩耳之势,平定宦官叛乱,铲除相国弄权,继而重农耕,谋发展,踌躇满志,图谋天下一统。十年的时间弹指一挥,秦王之势摧枯拉朽,诸侯六国望风而逝,天下一统终成现实,历史上第一个大一统的秦王朝建立了。秦王嬴政君临东方,自称"始皇帝",正所谓"千古一帝"。

我们浸入历史的风尘,千古帝王的英姿在猎猎的战旗中栩栩如生。自古凡成大业者,无不有大的雄心,大的欲望、勇气和智谋,秦皇汉武,唐宗宋祖,一代天骄……这些矫健的雄鹰翱翔于华夏的天空,他们的身影从来没有消失过,也不可能消失。历史是一本厚厚的书籍,展卷而读,逝而如生。脚下踩着千古一帝登临过的土地,血管里隐隐流动着的血液很热。

欲望是成就的动力也是衰亡的魔鬼。征战的狼烟业已平息,一统的愿望业已实现,可欲望仍像原上的野草毫无节制地疯长不息。打天下坐天下享天下,却以天下为一己之私,横征暴敛,大兴土木,峻法严刑,琅琊台就是欲望延伸出来的一个触须。

拥有天下,这已是欲望之大极;长生不死,永远地拥有天下,欲望膨胀得几近天怨。秦始皇为了长生不死,坚信海外有仙山、仙人和仙药的传说,对到海外求仙求药达到了痴迷的程度。他四次东巡山东沿海,遥望大海,幻想进入仙境。琅琊山就在山东胶南市区西南二十六公里处的海滨,为一耸立山丘,三面环海,海拔 183.4 米,孤立于大海的边缘,出于众山之上。史传越王勾践初建琅琊台,与秦、晋、齐、楚等国在台上歃血盟誓,共同尊辅周室。姜太公所封的八神之中的四时主祠就立在琅琊山上,历代的许多帝王都来这里拜祭。秦始皇四巡山东沿海,三次登临琅琊台,一住数月,他从内地迁来数万户百姓,建造琅琊台行宫,供他做求仙得道长生不死的美梦。天下和百姓是他的囊中之物,取之即来,可海外的仙人却不认得一介凡夫,终得第五次出巡,行至中途一病不起,沙丘平台一命崩毕,时值酷暑,尸体腐烂,丞相李斯以车载鲍鱼掩其腐臭,这样的结果,仿佛是对进入仙境修得不老不死之身给

了一个极大的讽刺。

纵观琅玡台四周，北部与陆地相连，山下陆地低平如盆，绿野成茵，零星的村落红瓦绿树，那该是秦朝移民的多少代后人，当初他们的祖先慑于始皇帝的淫威，背井离乡，从遥远的内陆迁到海边，只为了给他们的皇帝修建求仙得道的瞭望台。如今他们已安居乐业，借了沿海的风光和发展而因祸得福。再看琅玡台，台基三层，层高三丈，虽然已被今人用大理石筑起台阶，但地基和层次是建立在两千年前人们所筑就的基础之上的，一层三丈，三三见九，为烘托帝王的九五至尊。沿台南望是一片广大的海域，时逢春雾缭绕，茫远缥缈，可以酝酿出许多神话般的想象，尤其是西南海域里恍恍惚惚时隐时现的一个岛屿，在云雾中浮现着圆圆的岛尖，对于初次相见的我，它是一个宁愿信其有不愿信其无的神话海市和瀛洲仙岛，难怪秦始皇三次登临，流连忘返，难怪方士由此编演，终得徐福入海求仙的船队从这里启航。其实那是一个真实的岛屿，岛上有世代居住的居民，当年始皇帝入海求仙的船只曾到过那里，并在那里为求仙而斋戒，始称"斋戒岛"。

徐福是在这个时候出现的，这个自幼生长在山东沿海地区的当地有名的方士，是他和他的同伙的想象创造了"蓬莱、方丈和瀛洲"，后来李白的"海客谈瀛洲"，"海客"指的就是徐福等方士。史中记载："齐人徐福等上书，言海中有三神山，名曰蓬莱、方丈和瀛洲，仙人居之，请得斋戒，与童男女求之，于是遣徐福发童男女数千人，入海求仙人。"

当年始皇帝痴迷于长生不老，对方士寄予绝对的信任和希望。徐福是聪明的，他不一定真的迷信于海上有仙山的幻想，可他看明了当时社会天下民心的形势，投合了天下第一君的嗜好。当时秦王的暴政已经使许多沿海地区的居民逃往海外，徐福作为一名方士，对当时的现状有清醒的认识，他不满秦的暴政，想寻找一个躲避暴政的世外桃源，他自幼生活在山东沿海地区，对山东半岛的地理环境和经济状况了如指掌，又亲眼目睹了沿海地区人民远走海外的事实，了解到秦始皇追求长生不死的心理，几经运筹，精心准备，在得到秦始皇批准的有利条件下，打着

官方旗号，组织起一个能在海外生存和发展的数千人的庞大集团和丰厚的物资，然后扬帆东渡，进行了一次有组织、有目的的海外大移民。徐福东渡的出发地就是琅玡台前面的琅玡港，现如今在琅玡港的港口码头上还有一个刻着"徐福东渡启航处"的石碑。

当我们登上琅玡台顶，眼前就展现了一组徐福入海求仙的群雕，群雕生动地展现了秦始皇第三次巡游琅玡时，徐福向他讲述海上求仙经过的场面。浮雕中，始皇高抬左臂气指东方大海，徐福弓腰展卷侃侃陈词。皇帝的气势是霸道的，方士的姿态是谦卑的。可那次东渡的伟大壮举，最终的胜利者是谦卑的徐福，当皇帝以鲍鱼之臭掩尸体之腐的时候，徐福已经带着他的船队经朝鲜半岛沿途补充，最终到达了日本，在那里定居繁衍，传播中原文化，已自成快乐王国。徐福的东渡在客观上对朝鲜半岛南部和日本列岛的社会发展起到了巨大的推动作用。日本社会正是在徐福东渡以后由原始社会引入文明时代，后在隋唐时期，在日本的新宫等地还发现了"徐福祠"、"徐福墓"、"徐福井"等遗址，日本人甚至把徐福当做他们的开国始祖。直到今天，徐福成为中、日、韩人民友好和文化交流的第一使者，这实在是与秦王朝的暴政有着紧密的联系，有着极为深刻的历史背景的。

历史的"一帝"与"第一使者"都与琅玡台有着如此深刻的渊源，琅玡台不只是独立于海岸的一座孤山，更是一本厚重的历史书，登临琅玡，"千古一帝"是一面镜子，功与过，得与失，人性的优势与弱点昭然若揭，前鉴古人，后生来者，终得出"得民心者得天下"的箴言。失去天下的是懦弱和贪婪，装得天下的是博大而仁慈的胸怀，君有道而民幸，君无道而民反，长生不死的不是肉体而是不可磨灭的精神。

没有历史，我们脚下踩着的只能是蛮荒和空虚，我们看不清过去也无法看清现在和未来。回来的时候，通往琅玡台的柏油路和秦朝的黄尘古道之间，只隔着一层触手可及的厚度。

# 后　记

选编完这个集子，其实自己是很迷茫的。

这些积年的文字，来源于生命和生活，生灵物语，生活感悟，生命情结，一点浅见，一点关怀，一点思悟，或浅薄片面，或狭隘偏激，但都是个人的独特感受，像一点一滴的水汇聚到一起，凌乱庞杂。它们真的能像湖那样厚积而薄发，在山峰坠落、岁月塌陷的地方收缩并沉淀，宁静、宽广、明澈、深邃、远离喧嚣和浮躁，进而贴近上帝么？这是一种幸福的理想，文字在理想的什么地方，我触摸不到，最终觉得，它其实永远只是小溪，向着湖或海的方向断断续续地流淌。在这个过程中体验痛苦和幸福，在这个过程中孕育和生育。文字是我的孩子，我放却最无私也是最自私的爱，放逐它，从此它不再属于我。

选编这个集子，感谢杨献平先生诚恳的指点和帮助，我力争做到朴实、干净和精致，向着自我的巅峰努力。人是有限的，文字也是有限的，只有文学的内涵和外延无限，艺术的追求无限，这和生命不断的提升和突破有关，和社会不断向前的发展有关，文字追求的是这种理想和梦想的无限，个人的这点文字，是这个追求流程中的一滴水，若水成湖，江河入海，永远是水的理想。

渐渐地，书写成了一种习惯，需要不断地借助于文字完成对生命的解读或交代，对情感心灵的抒发或安慰，对人生的关怀、卸载和激励，对真善美的爱与追求；需要通过文字洗练和提升个人在大自然、社会和人生面前的积极、善良、宽厚、健康和富于探索及创造力的品质，遂渐渐积成一些小文，它们是琐碎短浅的，但都是真实和真诚的，是生命的赋予。

生命赋予我的，我赋予文字。承接赋予，我永远感恩。